RETOUR PLEINE LIGNE

Bruno Rebeuh

Avec la collaboration de Philippe Maria

RETOUR PLEINE LIGNE

Albin Michel

Quand j'ai décidé de faire de l'arbitrage mon métier, qui m'a donné des bonheurs intenses, je savais aussi que cela affecterait l'équilibre de ma famille.
Je dédie donc ce livre à mes formidables parents qui m'ont toujours guidé et soutenu, à ma petite sœur si forte et toujours présente, à mes enfants que j'aime et qui ont beaucoup souffert de mes absences prolongées, et enfin à mes petits-enfants pour leur laisser ce message : « Avoir la chance de vivre sa passion est l'un des grands moteurs d'une vie. »

Bruno Rebeuh

Pour toi, Théo, qui va bientôt monter sur ta première chaise…

Philippe Maria

Double faute !

Comme il existe des films qu'il ne faut jamais revoir, il est des envies de voyage « à refaire » qu'il convient d'écarter promptement, à plus forte raison si vous envisagez de partager ces retrouvailles avec un proche.

L'été dernier, à l'occasion de vacances passées aux États-Unis, et sans doute pas encore imprégné du bien-fondé de cette règle de vie, je décide d'effectuer un pèlerinage à l'US Open pour partager avec Nathalie, ma compagne, un lieu particulier pour moi, Flushing Meadows, le Grand Chelem américain où j'ai arbitré pour la première fois en 1987.

Après un périple nous menant de Manhattan au Queens qui ravive des souvenirs d'interminables trajets en navettes prises au petit matin ou au cœur de la nuit new-yorkaise durant plus de quinze ans, nous pénétrons dans l'antre de béton qui constitue depuis 1978 le plus grand stade de tennis du monde. Pas le plus beau, bien évidemment. Pas le mieux éduqué non plus. Mais certainement le plus rock'n'roll du circuit. L'un de ces endroits où la chaleur humide vous colle les pieds au sol, où les odeurs omniprésentes des burgers trop cuits et des hot-dogs gratinés imprègnent vos vêtements pour la semaine. Où ça parle fort pour couvrir le bruit des avions décollant de LaGuardia, et où ça se marche sur les pieds sans prévenance. Mais où l'on ressent, malgré tout, le privilège de partager l'ambiance d'une arène puissante et unique. Des images à peine déformées, comme mes premiers pas dans ce stade en 1987, me remontent lorsque nous pénétrons le cœur du Arthur-Ashe, le court central aux 23 600 places.

Un match est engagé, mais aujourd'hui encore, impossible de me souvenir du nom des deux joueurs qui s'affrontaient ce jour-là. Pas que leur empoignade soit dénuée d'intérêt, non, seulement un élément du spectacle auquel j'avais prévu d'assister me manque. Le court est le même, les ramasseurs de balles sont à leur place et l'arbitre, perché sur sa chaise, est fidèle au poste. Mais de juges de ligne... aucune trace. Envolés, disparus. Bien que je sois prévenu, le choc n'en est pas moins violent. Plus encore lorsque sur les premiers échanges une voix métallique, froide et monocorde, venue d'on ne sait où, se substitue aux annonces autrefois lâchées, toutes tripes dehors, par neuf hommes et femmes totalement dédiés à leur tâche.

Dans les tribunes, fidèles à la tradition des lieux, les spectateurs continuent à crier et à se déplacer sans se soucier du jeu, mais sur ce court vidé d'une partie de sa chair, l'œil humain a laissé place à l'ELCL, l'*Electric Line Calling Live*, un système nourri par dix-huit caméras qui génèrent des trajectoires de balles en vidéo 3D et déclenche des voix préenregistrées en cas de balles fautes.

Est-ce juste un pas supplémentaire après l'arrivée progressive du *Hawk-Eye*, le système d'arbitrage électronique ? Pas tout à fait. Au-delà de la disparition de ces juges de ligne qui pourrait tarir bientôt les vocations et causer bien des soucis aux tournois du monde entier qui ne verront jamais le *Hawk-Eye* déployer ses ailes jusque chez eux, c'est à une révolution du jeu à laquelle on assiste.

Installé sur mon siège du Arthur-Ashe, moi, venu jeune à l'arbitrage par la seule envie de côtoyer les champions au plus près, je sens la tristesse prendre le pas sur l'enthousiasme qui m'avait mené là. Je me prends à plaindre mon « successeur » cloué sur sa chaise. Collé à son écran de contrôle mais dépossédé de toute prérogative, l'arbitre est devenu au mieux un chef de gare, au pire un surveillant de cour de récré vissé à son chronomètre, mesurant les éventuels dépassements de temps et les comportements déviants pour ouvrir son code de conduite et donner des heures de colle.

Je sais que l'ATP (Association of Tennis Professionals), l'organisation des joueurs qui a travaillé et obtenu la mise en place bientôt généralisée de ce système, met en avant son efficacité indéniable. Néanmoins, le sport en général et le tennis en particulier, où deux combattants s'affrontent dans une minuscule arène jusqu'à ce que « mort » s'ensuive, sans limite de temps, peut-il se passer d'un contrôle humain ? D'un arbitre qui peut changer des décisions, les expliquer, circonscrire les éventuels débordements aux seules dimensions du court, bref devenir un acteur du jeu pour le meilleur et non le pire ?

Au-delà de l'exaltation et de ces poussées d'adrénaline que j'ai pu connaître, voire égoïstement rechercher, lors de la vingtaine d'années où j'ai arbitré les plus grands matches, me reviennent ces moments de confrontations « d'homme à homme », ponctués d'annonces allant crescendo au fur et à mesure que l'intensité des échanges s'installait. Le tout exposé à l'appétit d'un public devenu partie prenante de l'affaire.

Plus que jamais je pense que ces pics passionnels sont l'essence du sport de compétition et que l'arbitre y joue un rôle incontournable : celui de garant des règles, bien sûr, mais aussi de gardien de l'esprit du jeu. Tant pis s'il devient la cible de toutes les frustrations. Cela fait partie de sa fonction. Je l'ai vécu, j'ai assumé et pourquoi ne pas le dire sans masochisme aucun : j'ai aimé ça ! Y compris quand un joueur acculé à la défaite et dépourvu de tout argument venait malgré tout me défier. Sans doute avais-je conscience que l'on ne peut devenir un bon arbitre – a fortiori « le meilleur du monde », comme on l'a dit parfois de moi – qu'en restant un homme.

Je pense malheureusement que l'actualité me conforte dans cette idée. Dépossédés de la conduite « historique » du jeu, les arbitres que je vois officier aujourd'hui se retrouvent souvent pris de court au moindre incident. Indépendamment de leurs qualités. L'apport du « juge numérique ou vidéo » déresponsabilise l'arbitre au tennis mais aussi au football. Sur ma chaise, je voyais le jeu se déployer, les stratégies se dessiner. Sur ma chaise, j'anticipais les déséquilibres, les coups désespérés. Sur sa chaise aujourd'hui, l'homme au chronomètre, privé de toute autorité et prié de bien regarder son écran de contrôle, doit surtout lutter contre la somnolence. Pour le dire crûment, je ne peux me résigner à voir des chefs d'orchestre être remplacés par des régulateurs de trafic.

C'est pourquoi l'idée m'est venue, à mon retour de New York, de vous raconter mes vingt années passées sur le circuit. Pour vous faire découvrir ce qu'était le quotidien surprenant d'un arbitre globe-trotter mais aussi pour revenir sur des mésaventures parfois amusantes ou grotesques, parfois surréalistes, voire violentes, mais toujours remplies de vie et d'enseignements. C'est l'un des voyages dans le temps qu'il me semble nécessaire d'entreprendre. Même si je crains qu'il ne soit déjà trop tard, j'ai la forte impression que les penseurs du jeu ont commis une bien vilaine double faute : tuer un arbitrage qui avait atteint au fil des ans un niveau de quasi-perfection, et oublier que le tennis était pratiqué et dirigé par des hommes et des femmes habités de passions.

1.

La découverte d'un nouveau monde

Un franc le jeu, dix francs le match

Autant l'avouer d'entrée de jeu : si je suis devenu arbitre, puis arbitre professionnel pendant plus de vingt ans, ce n'était pas au début par amour du tennis. Dans ma chambre d'adolescent, il n'y avait pas de posters de Björn Borg, de Jimmy Connors ou de François Jauffret. Non, dans la petite chambre de la maison familiale de La Gaude, près de Nice, les murs offraient simplement une intéressante déco vert et orange. Le vert pour les Stéphanois alors au sommet de leur épopée en Coupe d'Europe des clubs champions de football et l'orange en hommage à l'équipe des Pays-Bas, à l'Ajax et à leur commandant en chef, Johan Cruyff, mon idole absolue.

Pourquoi le préciser d'entrée ? Parce que invariablement, à un moment ou à un autre, on me pose toujours cette question : « Mais arbitre, ce n'est pas une vocation, tu n'as jamais le beau rôle, c'est super ingrat. Pour toi qui n'aimes pas trop l'anonymat, ni te plier aux injonctions, fallait vraiment que tu aimes le tennis. » Eh bien non. S'il est vrai que j'ai toujours préféré la lumière des courts à la pénombre de leurs antichambres – ce qui me vaudra quelques jolis coups de bâton tout au long de ma carrière –, c'est avant tout une passion inconditionnelle du sport, un goût pour partager le quotidien des athlètes, et un ego bien proportionné, je le confesse, qui vont m'amener à grimper sur la chaise. Ça et une bonne dose de chance que j'ai le plus souvent su saisir au bond. Le tennis ne fut pas le déclencheur, mais le sport, oui, et dès le début !

Né à Alger, en 1961, je débarque à l'âge de huit mois directement à Nice, où ma famille s'installe et essaie de se construire un avenir. J'ai une jeune sœur, Marjorie. Ma maman Marguerite, dite Maggy, est coiffeuse et mon papa, Gabriel, que tout le monde appelle Claude, est d'abord comptable puis s'essaiera à plusieurs métiers avant d'ouvrir en famille un garage de mécanique automobile. Bref, je suis le fils d'une famille assez représentative de la population fraîchement débarquée d'Algérie. Mon père et mes oncles, qui avaient été et restaient de bons joueurs de foot, évoluent dans les clubs de la région niçoise. Forcément, le Bruno est élevé au sirop du stade, en l'occurrence celui du Ray, où évolue l'OGC Nice, un club majeur du championnat. Et ça ne marche pas trop mal.

Sans être le grand espoir du club, je me débrouille plutôt bien. Je rêve foot au petit-déj, foot le midi, foot le soir. Positionné au milieu de terrain avec un rôle plutôt défensif, je grimpe tous les échelons avec le maillot rouge et noir sur le dos et progresse dans les sélections de jeunes. Je joue une finale de coupe nationale cadets, la coupe Paul-Nicolas, la Gambardella. Et je côtoie au fil des ans les Bellone, Puel, Rousset. Je suis alors admis au centre de formation de l'OGC et joue un temps avec Daniel Bravo. Un véritable artiste que l'on appellera bientôt le Petit Prince... Je sais ce que je vaux et ce que je veux. Je suis rugueux et déterminé mais je ne joue pas avec les chaussettes baissées, comme pourrait le vouloir l'image guerrière de mon poste !

C'est dans cet environnement et dans cette ville où il fait bon grandir entre plages et montagne que j'évolue sur une bande-son marquée par Deep Purple, les Rolling Stones et surtout Johnny qui tonne et résonne en permanence dans l'antre familial. Quant aux études, je « bricole ». Ni bon ni mauvais, je file le train de la classe et sais surtout me ressaisir quand la situation peut se faire alarmante.

En 1977, je me vois proposer de rejoindre le lycée du Parc-Impérial où l'on vient de créer une section sport-études football. Situé à deux cents mètres du Nice Lawn Tennis Club, cet établissement majestueux du quartier du Piol héberge déjà une entité judo et une autre dédiée au tennis où l'on trouve, entre autres, Christophe Casa, Hervé Gauvain, Jean-Louis Haillet, Gilles Moretton, les frères Albuixech et un certain Yannick Noah, fraîchement arrivé du Cameroun avec ses sœurs, Nathalie et Isabelle, et sa maman Marie-Claire. Tous ces joueurs qui, l'année suivante en 1978, décrocheront le titre de champion d'Europe des clubs pour Nice.

Comme tous les joueurs de tennis adorent le foot et comme les footeux s'intéressent souvent au tennis, nous voilà à troquer nos maillots de clubs et de marques. Je dégote mes premiers survêtements, très classes à l'époque, et me voilà à organiser ou disputer quasiment tous les soirs des matches de foot sur les terrains de hand attenants. Nous sommes en février ou mars 1977, et mes nouveaux potes me disent : « Il va bientôt y avoir l'Open de Nice, où viennent Borg, Vilas, Pecci, pourquoi tu n'essayes pas de devenir juge de ligne ? Tu vas en bas, ils vont te filer un badge et un survêt Ellesse gratuit. » Pourquoi pas ? À l'époque on touche un franc du jeu comme arbitre de chaise, donc vingt balles pour un 6-4, 6-4, et dix francs du match comme juge de ligne. Je me présente et par chance je tape dans l'œil de Jacques Dorfmann, le juge-arbitre de ce tournoi mais aussi celui de Roland-Garros. À l'époque, je n'ai que de vagues notions d'arbitrage, mais pour juger une ligne, ça suffit. Je ne comprends rien à l'anglais mais j'ai envie. Je multiplie les matches. Je sèche des cours, fais des allers-retours avec le lycée et je colle à mes lignes.

Honnêtement, je suis plus spectateur que juge, mais j'adore ! Pensez, à seize ans, je suis à deux mètres des plus grands joueurs de l'époque, je sens leur souffle, je prends leur sueur, bref je suis au centre du *game*. J'ai un super survêt, je suis nourri à l'œil et je prends de l'argent de poche. Alors je m'accroche et je comprends qu'il faut que je me concentre pour décrocher ma place pour les derniers tours. Dorfmann me donne une ligne en demie et en finale. Cette année-là Borg bat Vilas en trois sets ! Je viens de découvrir un nouveau monde.

Dans la foulée, je me mets au tennis avec mes parents et ma sœur. On s'inscrit, tout à côté, au Tennis des Combes. Je ne serai jamais un très bon joueur, contrairement à Marjorie qui, entraînée par mon père, un formidable éducateur, gagnera en 1981 l'Espérance de France. Elle sera classée -2/6[1] puis, recrutée par Nick Bollettieri, elle intégrera son académie et ira défendre un an durant les couleurs de son fameux club de Bradenton, en Floride.

On me conseille fortement de passer mes premiers diplômes d'arbitre. De club d'abord, puis régional, ce que j'accepte ; je décroche dans la foulée mon premier examen. Nous sommes début 1978 et j'enchaîne les tournois dans toute la région : je n'ai que dix-sept ans, mais j'arbitre sur la chaise cette fois et seul, sans l'assistance de juges de ligne. Des quinze, des zéros, des négatifs. Souvent, les joueurs viennent sur ces tournois pour gagner un peu d'argent. À cette époque je me fais bien bousculer, j'en bave souvent, mais j'arrive à surmonter ces moments électriques, car je ne manque pas non plus d'insouciance et de mauvaise foi. C'est une formidable école, sans doute la meilleure dont on puisse rêver. On apprend vite quand on risque à tout moment de se faire dégager. D'autant que

1. Échelon dans la pyramide du classement des joueurs au tennis.

pour gagner un peu plus d'argent j'enchaîne les matches, y compris dans une même journée, ce qui n'est pas très bon. Je compose avec ma peur, me fais plus gros que je ne le suis. Mais progressivement mon œil s'affine, comme mon anticipation des situations à risques.

Peu à peu, les juges-arbitres de la ligue de Côte d'Azur entendent parler de moi et me demandent de venir m'asseoir sur leur chaise de club. Mais ce n'est toujours pas l'arbitrage à proprement parler qui me passionne. C'est l'ambiance, la camaraderie, l'esprit de compétition, la tension, qui règnent sur et autour des courts. L'aspect gratifiant, également. Les petits cadeaux, une forme de regard respectueux qu'on commence à poser sur moi. C'est moi l'arbitre des finales. On pourrait dire que je commence à avoir la grosse tête. Un petit peu, peut-être…

« Annonce juste le score, le reste on s'en occupe »

De retour à l'Open de Nice en 1978, je retrouve Jacques Dorfmann qui me félicite d'avoir passé mes examens et me donne tout de suite une chaise pour arbitrer des matches de qualification. Le tournoi avance et deux jours plus tard Jacques me convoque pour me donner une feuille d'arbitrage, des boîtes de balles et m'envoie sur le Central. Accompagné de sept juges de ligne, je m'y rends et vois arriver Patrice Dominguez, n° 1 français de l'époque, et le

Tchèque Ian Kodes, triple vainqueur du Grand Chelem à Roland-Garros et à Wimbledon. Ils pénètrent sur le court, et nous, on attend dehors. On trouve le temps long. Trois minutes, cinq minutes, dix minutes se passent quand déboule Dorfmann, un brin essoufflé. « Mais qu'est-ce que tu fous ? Tu attends quoi, Bruno ? » « Eh ben... l'arbitre... » « Mais l'arbitre, c'est toi ! Allez, en place ! »

Le chemin jusqu'à la chaise me semble interminable. Je suis très fébrile et me demande pourquoi j'ai accepté cette charge. L'affiche a rempli les tribunes du Central et je n'ai jamais arbitré une partie de cette importance. Je ne parle pas un mot d'anglais et me sens dans la peau du parfait imposteur. L'échauffement se termine, j'essaye de trouver en vain une posture assurée et la partie s'engage. Mais au premier changement de côté, Patrice Dominguez s'approche de moi et me glisse discrètement : « Ne t'inquiète pas. Annonce juste le score on s'occupe du reste. » Et comme il s'aperçoit qu'en plus de mes bégaiements, de mes retards d'annonce, je grelotte, il repart vers sa chaise et me donne sa veste de survêtement. « Comme ça tu n'auras pas froid non plus. Concentre-toi juste sur tes annonces. »

Finalement, le match va à son terme sans plus d'encombre. Le public ne s'est aperçu de rien. Dorfmann ne s'est pas déplacé et ma carrière d'arbitre n'est pas morte sur le Central du Nice LTC en ce jour d'avril. Mieux, j'enchaîne plusieurs matches dans le tableau final.

Jacques Dorfmann me permet de faire monter et fructifier mon modeste capital confiance. Pour quelqu'un qui n'était pas à la base un passionné de tennis, cet incident aurait très bien pu mettre un point final prématuré à ma petite carrière d'arbitre. Mais c'est tout le contraire qui se produit et je comprends que j'aime cette ambiance. Quand l'adrénaline monte, que tu as le sentiment de la contrôler avant qu'elle ne te submerge et que tu sors vainqueur de TON match. Mais pour cela je me dois de progresser dans tous les domaines. Bosser les règles, le code de conduite, les annonces. Améliorer mon œil, comprendre quand intervenir et quand laisser du mou aux joueurs. Apprendre enfin l'anglais. Bref, devenir meilleur, bien meilleur.

Un an s'est écoulé lorsque je retrouve le tournoi de Nice. Pendant toute cette période j'ai beaucoup plus taclé sur le terrain qu'au lycée, où j'ai prestement dégagé en BEP commerce. Le permis en poche, je fréquente mes copains du lycée du Parc-Impérial et nous commençons à sortir où nos petites notoriétés nous ouvrent les portes. C'est un petit monde bien réglé. Yannick Noah a déjà un deux-pièces à lui, dont il nous laisse les clés lorsqu'il voyage, et mon père s'occupe de réparer toutes les voitures de mes copains, Jean-Louis Haillet, Gilles Moretton et Pascal Albuixech, en tête. Le trafic de fringues de sport et de raquettes nous rend fréquentables. Si j'ai également beaucoup arbitré pendant cette année, j'arrive à l'Open de Nice 79 sans avoir vraiment bûché mes cahiers. Je ne suis pas encore arbitre fédéral, encore moins international et mon anglais se limite aux paroles des chansons des Beatles.

Cela risque de se voir. Et lors de ma première demi-finale sur la chaise du Central du Nice LTC, ça coince.

Jean-François Caujolle est opposé à Victor Pecci et le premier set se termine au *tie-break*. Très bien. Mais au moment d'attaquer la deuxième manche personne ne semble vouloir servir. Le problème est que je ne connais pas la règle ! Caujolle, alors que c'est à lui d'engager, doit s'apercevoir que je suis hésitant et renvoie les balles à Pecci, qui les lui repasse, car il sait que ce n'est pas à lui de repartir.

Un ballet impromptu et légèrement loufoque se met en place. Et moi sur ma chaise, je suis bien paumé et de plus en plus gêné aux entournures jusqu'à ce que j'aperçoive dans le coin du court Jacques Dorfmann qui m'indique discrètement du doigt Caujolle. Je m'arme alors de ma plus mauvaise foi et lui dit qu'il doit servir. Il me demande si j'en suis sûr, et je lui réponds d'un « Bien sûr, monsieur Caujolle » des plus appuyé. Règle n° 1 pour un arbitre : même lorsqu'on ne sait pas, faire semblant de maîtriser la situation. Ce jour-là, alors que les spectateurs n'y ont vu que du feu, j'apprends pour la première fois qu'il faut savoir vendre ses annonces. Au point d'en faire un vrai mantra une fois passé à l'échelon supérieur.

Après des années, cette rencontre reste encore pour moi un vrai palier dans ma compréhension de l'arbitrage. Je peux dire aujourd'hui que lors de matches disputés sur dur, où il ne reste aucune trace, j'ai souvent annoncé fermement des balles bonnes, ou non, sans être certain de mon jugement. Comment apprécier un smash lâché sur la longue ligne extérieure située à mon opposé ? Impossible. Celui qui affirme le contraire est un menteur. La seule solution pour la bonne conduite de la partie consiste à faire croire que toi, arbitre juché tout là-haut sur sa chaise, tu as bien vu le point. Plus l'annonce est ferme et rapide, moins les risques de contestation sont grands.

Quand, plus tard, j'ai eu à conseiller de jeunes arbitres, je n'ai eu de cesse de le répéter : « Ne laissez jamais penser que vous ne savez pas. » Y compris pour des matches sur terre battue. Quand un joueur vous demande de venir confirmer une annonce en vous indiquant une microtrace sur le bord de la ligne peinte, vous ne pouvez pas savoir. Il faut, lors du déplacement, aller droit au but en se forgeant une idée et s'y tenir rapidement pour faire l'annonce. Vous vous imaginez, tournant de gauche à droite, vous agenouillant puis prenant du recul avant de prendre la décision ? C'est le cirque assuré et le meilleur moyen de perdre tout votre capital confiance, auprès des joueurs, mais aussi du public. Quand tu descends de ta chaise tu dois savoir, sauf évidence rare, ce que tu vas décider. Tout est joué. « Vendre » son annonce, c'est imposer sa légitimité aux joueurs, aux spectateurs et aux autres arbitres. Le match parfait n'existant pas, il convient juste de le laisser croire aux autres.

1979 est aussi l'année où je coupe pour la première fois avec mon agenda études-tennis-football. Je dois faire mon service militaire, puis l'année suivante je pars à l'île de La Réunion jouer au club de foot de La Patriote à Saint-Denis, qui évolue en division d'honneur. Hélas pour ma carrière, je découvre aussi l'île de la tentation, et ma carrière ne s'en remettra pas. J'ai vingt ans, le ciel est bleu, je n'ai rien d'autre à faire que prendre du bon temps. Je drague tout ce qui bouge, je joue au poker la nuit, joue un peu au foot quand même, et traîne à la piscine du club de tennis le reste de la journée. Un vrai plan de carrière.

Je prends alors conscience que je ne deviendrai sans doute jamais le joueur de football de tout premier plan que je rêvais d'être. Alors je me laisse porter, remballe mes fantasmes de gloire dans mon sac de voyage juste à côté des crampons et finis de servir la patrie, en roue libre.

Rapatrié sanitaire, ou presque, je rentre en 1981 à Nice. Et je dois trouver un travail, car l'arbitrage que je vais reprendre ne nourrit pas son homme. Je deviens donc vendeur de voitures chez Citroën, qui me confie d'abord une 2CV Safari comme véhicule de fonction. À charge pour moi de la vendre pour monter en gamme. Ce qui est rapidement fait et ce qui me permet de rouler en Visa puis en GS. J'adore ce nouveau boulot. Non seulement il me permet de devenir financièrement autonome, mais il me conforte dans l'idée que la vente est bien mon truc. Entre vendre un « *overrule* » à 5-5 au troisième set et l'option toit ouvrant pour une BX corail, il n'y a qu'un pas.

Cela tombe d'autant mieux que la Fédération décide de m'envoyer sur les circuits satellites, nombreux à l'époque, dont le fameux Marlboro. Un pas décisif vers l'itinérance. Pour la première fois je suis désigné, ce qui veut dire que je suis mandaté par l'organisme supérieur pour venir épauler et soutenir les arbitres locaux. Un changement de statut à condition de bien jongler avec mes obligations professionnelles. En fait je pars arbitrer sur mes congés et certains jours d'arrêt maladie. Une époque sympa qui me permet de me faire le cuir sans trop de périls.

Enfin presque. Je me souviens ainsi d'une étape chez Jean Gachassin à Bagnères-de-Bigorre où cela avait failli mal tourner. Pour le tournoi, le club avait demandé à des joueurs de rugby locaux de venir juger les lignes. Tout se passe bien jusqu'à ce qu'un joueur du tournoi, énervé sans doute par une annonce, s'en prenne verbalement à un juge de ligne. Pas de chance pour lui, ce juge de ligne s'appelle Jean-Michel Aguirre, l'arrière de l'équipe de France, et le gaillard n'entend pas se faire insulter chez lui. Le ton monte rapidement jusqu'à ce qu'Aguirre attrape le joueur par son polo et le colle au grillage en plein match, refusant de le lâcher avant qu'il ne s'excuse. Il faudra que Gachassin accoure en catastrophe pour faire revenir son ami à la raison, sauver le match et son tournoi.

« *OK, mister Connors, OK, no problem !* »

Les mois passent, les matches se succèdent et je me sens de plus en plus confortablement installé sur la chaise d'arbitre. De sorte qu'en 1982 la Fédération me propose de partir sur le circuit satellite ouest-africain qu'elle coorganise dans le cadre d'un programme de développement du tennis francophone avec le Sénégal, la Côte d'Ivoire et le Togo. Gilbert Ysern, futur patron de Roland-Garros, est le juge-arbitre et je le seconde avec Claude Richard, président de la commission fédérale d'arbitrage. Nous partons pour plusieurs semaines.

C'était un véritable cirque itinérant car nous n'avons pas comme seule mission d'arbitrer. Nous servons aussi d'encadrants, voire de chaperons aux joueurs qui voyagent dans notre avion-taxi. Et je n'ai que vingt et un ans. Avec nous, il y a la nouvelle génération des Cédric Pioline, Rodolphe Gilbert, Yaya Doumbia. Tous les jours, il faut les compter et après les avoir récupérés en ville ou dans les Club Med locaux il y a parfois de la perte, souvent des retards. Question arbitrage, c'est également du sport. Nous sommes très loin du Nice LTC et encore plus loin du Monte-Carlo Country Club. On doit souvent s'adapter à des installations très sommaires. Courts en pente, carrés de service à géométrie variable, filets troués, mettent à l'épreuve nos facultés d'adaptation. C'est dur, mais très marrant. Devant la pénurie de juges de ligne, le public se sent obligé de nous seconder. Forcément, sous un gros cagnard, ils sont vite cuits. Je me rappelle en avoir vu s'endormir et tomber de leur chaise. D'autres, fourbus, quitter subitement la partie pendant un échange. Le spectacle est partout.

Tout cela remplit bien mon emploi du temps, d'autant qu'en 1982 je monte à Paris pour découvrir mon premier Roland-Garros. Pas tout de suite sur la chaise, mais comme juge. Pour moi, c'est déjà toucher à une forme de graal. J'habite à Saint-Mandé chez des amis et je prends le métro quotidiennement direction la Porte d'Auteuil. On me voit à la télé le soir et j'enchaîne les matches jusqu'à la finale Guillermo Vilas-Mats Wilander pour laquelle je suis désigné juge de filet.

Dire que j'en garde un bon souvenir serait mentir. Il faut se rappeler qu'à l'époque on ne change pas les juges de ligne, et cette finale va devenir l'une des plus longues de l'histoire avec quatre heures et quarante-deux minutes, malgré les quatre sets qui « suffirent » à Wilander pour remporter son premier Roland. Surtout, il fait très, très chaud, et je passe mon temps à demander aux ramasseurs de balles de m'apporter discrètement de la glace que je glisse dans mon horrible veste verte en laine qui me pique.

Entre mes tournois locaux, les satellites, mes rendez-vous réguliers à Nice, à Monte-Carlo, et la quinzaine de Roland-Garros où Jacques Dorfmann a commencé à me donner des matches sur la chaise à partir de 1983, ma vie est bien rythmée. Mon boulot de vendeur de voitures, puis de camions pour IVECO, me stabilise également. J'aime me lever à 5 heures du matin pour aller sur le marché aux fleurs ou sur des chantiers niçois parler avec les commerçants ou les artisans, et coller à leurs besoins. Même si je ne bois pas d'alcool, à l'exception du panaché bien blanc, forcément du monaco (bière, limonade et grenadine) et du vin que je commence à apprécier, je prends plaisir à partager avec eux le casse-croûte à l'heure des croissants. Nous sommes loin du tennis, mais je me sens à ma place dans cette autre communauté.

Mon père, qui s'est mis entre-temps à l'arbitrage, m'accompagne sur certaines compétitions. Je gère un agenda de ministre et cette vie trépidante mais bien réglée me va bien. Problème, en 1986, juste avant le tournoi de Roland-Garros, on me fait savoir que je ne peux plus continuer à arbitrer sans certification, il va enfin falloir passer l'examen fédéral. Fini les arrangements à la bonne franquette ! Sur l'instant, je suis un peu agacé mais j'arrive vite à la conclusion que cette étape est indispensable si je veux continuer à exercer. D'autant que l'année précédente, j'avais connu une mésaventure qui aurait pu mal tourner.

Jacques Dorfmann, qui m'aimait bien, m'avait désigné en 1985 pour mon premier match sur le Central. Et pas entre n'importe qui : Jimmy Connors *vs* Stefan Edberg. Bon, Edberg, on ne va pas se mentir, ne me terrorisait pas trop. Il faisait partie du club des gentils. Le problème, c'est qu'en face, il y avait Connors. Et ce qui devait arriver, arriva. Sur un point anodin il m'apostrophe, puis devant mon silence se dirige vers ma chaise. Cela dure. Son ton devient plutôt véhément, sinon agressif, et il monte les deux premiers échelons de la chaise pour mieux me cadrer du regard. À cet instant, alors que le Central commence à s'agiter, je me traite d'imbécile, car je n'ai toujours pas progressé en anglais et je ne comprends absolument rien à ce que me dit Connors. Je commence à pétocher. Je me persuade que pour me sortir de cette situation qui peut dégénérer, je dois me montrer fort. Imperturbable, droit dans mes bottes. Et je m'entends encore lui dire avec une voix venue de nulle part : « *OK, mister Connors, OK, no problem !* »

Ridicule ? Peut-être, mais le coup de poker fonctionne. Cette fois encore, je viens de bien vendre mon message. Il reprend le jeu et le match se termine sans problème. Des années plus tard, je suis revenu sur cet incident avec lui. Il s'en souvenait vaguement, mais ce qui le faisait surtout rire, c'est quand je lui avais avoué que je ne savais toujours pas ce qu'il avait voulu me dire. Et s'il m'avait insulté ou non. Rétrospectivement, le fait que Connors soit venu sur la chaise m'avait permis d'appréhender la situation avec plus de calme. Ayant immédiatement coupé le micro d'ambiance, j'avais joué un « un contre un », sans témoin. Et sans témoin, aucune chance d'être pris en flagrant délit d'incompétence. Le pire eût été de l'avoir affronté à distance, moi, isolé sur la chaise, et lui arpentant en long et en large le court, la bave aux lèvres et la raquette brandie, accusatrice. Pas sûr que je m'en serais relevé.

Marqué par cet incident, je conviens donc qu'il faut que je décroche cette satanée certification. Le problème c'est que la session 1986 est passée et qu'il me faut attendre un an de plus. C'était sans compter avec Jacques Dorfmann, mon ange gardien, qui impose une session extraordinaire, rien que pour moi ! Jacques m'aimait bien. Je crois qu'il appréciait ma façon d'arbitrer, de m'imposer. Mon petit côté voyou. J'étais un peu branleur, je n'avais aucune envie de bûcher les procédures. Le jour venu, je dois donc répondre par écrit à 100 questions. Une sorte de QCM. J'ai le droit à 10 fautes. J'en commets 50 ! Résultat des courses, Dorfmann m'engueule mais ne tient pas compte de mon échec et me reconduit dans mes fonctions à condition de repasser la certification en 1987. Ce que je m'engage à faire. Et l'année suivante je la décroche haut la main et deviens arbitre fédéral. Fini l'image du petit protégé de Dorfmann, l'imposteur s'est acheté une légitimité. Nouvelle erreur, nouveau rappel à l'ordre.

À quelques mois de Roland-Garros, je n'ai pas le choix : j'arbitre trop de matches importants, il me faut la certification internationale. Je dois passer ce nouvel examen. Je n'en vois pas l'intérêt et traîne franchement des pieds, mais la pression se fait trop forte. Je cède.

Me voilà inscrit : l'épreuve doit se dérouler sur quatre jours, juste avant le début de Roland-Garros, sous le court n° 1, aujourd'hui démoli. C'est le MIPTC (Men's International Professional Tennis Council), organisme tripartite au sein duquel on trouve trois représentants des tournois du Grand Chelem et de la Coupe Davis, trois représentants des tournois du circuit et trois représentants des joueurs, qui est à la manœuvre. Cette session est placée sous l'autorité de l'Américain Ken Farrar et du Suédois Stefan Fransson qui doivent également l'animer. J'arrive plutôt serein. Là, je découvre que nous sommes vingt arbitres et que je suis le seul Français. D'entrée, Farrar, avec son gros accent du Massachusetts, explique comment vont se passer ces quatre jours. Enfin, c'est ce que j'imagine car contrairement aux dix-neuf autres qui sont « anglais première langue », je ne comprends pas un mot. Apparemment, il y aura trois jours de cours au terme desquels on passera un entretien oral. La douche est glaciale. À la fin de ce discours liminaire, interminable et incompréhensible je me lève, prends mes affaires et quitte la salle. Pour moi, c'est fini. Je ne veux pas être ridicule. C'est finalement Isabelle Amiel, l'assistante de Paul Svelik, directeur du bureau du MIPTC à Paris, qui me rattrape in extremis et me convainc que je ne peux pas partir comme ça. Je vis ces trois jours comme un calvaire. Mais je fais mon maximum pour comprendre trois mots par-ci trois mots par-là et l'un dans l'autre, en décryptant les vidéos, je saisis grosso modo ce qui se joue. Finalement, me voilà convoqué pour l'oral final… que je décroche à ma grande stupéfaction au vu de ma pitoyable performance face à Ken Farrar. J'ai un anglais de troisième et fais répéter trois fois toutes les questions. Sans doute m'avaient-ils déjà vu arbitrer à Roland-Garros et que mes matches ont parlé pour moi. C'est donc avec le badge du MIPTC, la plus haute certification, que je quitte, un peu étonné, le stade en ce mois de mai 1987. Me voilà shérif sur le grand circuit. J'ai déjà oublié ma médiocre performance, je suis le cador !

Vingt-deux minutes de sifflets

Pour me faire les crocs, on ne trouve rien de mieux que de m'envoyer étrenner mes galons sur le tournoi féminin de Strasbourg. Une semaine pour bien montrer mon étoile, rouler des mécaniques et retour à Paris pour attaquer Roland-Garros.

Comme pour toute activité, il existe, dans une vie, des situations qui vous marquent plus que d'autres, qui vous montrent que vous avez emprunté la bonne route, ou qui, au contraire, vous font comprendre que vous auriez dû choisir un autre chemin. Ce premier match à Paris fait partie de la première catégorie. Il demeure aujourd'hui un tournant dans ma vie professionnelle. Je suis désigné pour arbitrer un match entre l'Italien Simone Colombo et Mats Wilander sur le n° 10. Un court situé juste à côté du Central et où ça bouge souvent pas mal. Les petites tribunes y sont toujours prises d'assaut. J'arrive néanmoins sans trop de pression avec ma sacoche, ma feuille d'arbitrage et mon chronomètre. Lorsque je m'assois sur la chaise je vois alors, juste en face de moi, tout le staff du MIPTC. Ils sont dix et me font ostensiblement comprendre qu'ils sont impatients de voir si je suis digne de mon tout nouveau badge. Il y a Fransson, Farrar, David Cooper, le patron exécutif du *board*, et une poignée de superviseurs de tournois !

Ce jour-là, ma bonne étoile avait décidé sans doute de m'accompagner. Car si j'ai souvent eu ensuite à démêler des situations conflictuelles, cette partie allait m'offrir toutes les situations les plus compliquées à régler. De vrais cas d'école réunis sur un seul match. Ça commence par Colombo qui se blesse et me demande d'appeler le soigneur. Celui-ci tarde à venir. On m'interroge sur les dépassements de temps. La partie reprend mais l'ambiance est très tendue. Les juges de ligne ne sont pas en forme et m'obligent à « *overruler* » un tas d'annonces. Forcément, le public prend parti et devient vite incontrôlable. Notamment un spectateur, que je rappelle plusieurs fois à l'ordre avant de demander son expulsion par la sécurité. Je passe mon temps sur le court à inspecter des traces et à m'adresser aux spectateurs pour tenter de détendre l'atmosphère. Et paradoxalement, plus les événements s'enchaînent, mieux je me sens. Je maîtrise la situation. Je me surprends à prendre du plaisir. Je suis arbitre et je me sens à ma place. Colombo essaye de me la faire à l'envers sur un point, puis explose et casse sa raquette. Je lui donne un avertissement puis un point de pénalité. J'ai droit à tout ce qu'un arbitre peut craindre sur un match mais je suis calme, posé, sûr de mes annonces, je jubile intérieurement. Face au staff de mes superviseurs, je leur prouve qu'ils ne se sont pas trompés sur moi. Finalement la partie arrive à son terme et l'aréopage disparaît sans un mot. Rien non plus le lendemain.

Mais quelques jours plus tard, le troisième match va contribuer à me remettre les idées en place. Éric Winogradsky vient de sortir Stefan Edberg (7-6, 7-6, 7-5), un véritable exploit, et affronte en seizième de finale le Tchèque Karel Nováček. C'est l'événement du jour. *L'Équipe* a présenté le match à sa une et toute la France du tennis est devant sa télé pour suivre la rencontre programmée sur le Central. Jacques Dorfmann me donne le match. Je suis ravi et surfe sur une jolie vague de confiance.

Le début de match tourne au calvaire pour « Wino » qui est aux abonnés absents. Étouffé par son adversaire, il est vite mené 6-0, 6-1 au grand dam du public qui commence à gronder. Entre désarroi et déception, il attend de rentrer à son tour dans le match. Tout bascule dès les premiers points du troisième set. Alors que je descends de ma chaise pour vérifier une marque défavorable au Français, les premiers sifflets descendent des gradins. D'abord une vingtaine, puis cela s'amplifie. Le public saisit l'occasion pour évacuer sa frustration comme il le peut. Et je me retrouve, rapidement, la cible d'une grande partie du Central.

Fidèle à ma nouvelle ligne de conduite, je tente de désamorcer la situation en réclamant le silence pour permettre au match de reprendre. Mais chaque fois que je prends la parole, le public se fait de plus en plus bruyant. Ça crie, ça siffle. Dix minutes maintenant que la partie est interrompue. C'est interminable. Je sens de grosses gouttes de sueur couler le long de mon dos. À leur tour, les joueurs font savoir qu'ils sont d'accord avec ma décision et demandent au public de se calmer mais rien n'y fait. Éric Winogradsky vient même jusqu'à ma chaise pour prendre le micro et exhorter les spectateurs, toujours debout, à retrouver leur calme. Échec sur toute la ligne. Je multiplie les annonces et, sincèrement, je commence à paniquer. Charles Guillemot, le juge-arbitre assistant, vient à mon secours, mais il n'est pas plus entendu. Je ne sais plus quoi faire quand, après vingt-deux minutes d'interruption, le public, sans doute un peu fatigué, commence à se calmer puis permet au match de reprendre et de se terminer sur le succès du Tchécoslovaque. Vingt-deux minutes de tempête, sans doute un record d'interruption qui doit toujours tenir à Roland-Garros.

À ma sortie du court je suis mal, très mal. Je vais être la risée des joueurs, de la presse, des téléspectateurs. Des collègues arbitres, dont certains jalousent ma rapide progression, ne vont pas me louper. Les images s'entrechoquent dans ma tête. Est-ce mon dernier grand match ? Je n'en suis pas sûr, mais c'est peut-être à cet instant précis que je veux devenir le meilleur sur la chaise. Celui qui impose le respect et possède le plus beau palmarès.

Cela peut vous sembler un peu puéril. Quelque peu vaniteux aussi. Quelques jours plus tard, Ken Farrar, sans savoir ce qui m'était passé en tête, demande à me voir et m'explique que le MIPTC entend mettre sur pied une cellule de six arbitres professionnels à partir de 1988. Une révolution. Il me dit penser à moi, et m'apprend que je vais jouer ma place avec un autre arbitre français, Jean-Philippe Merlet. Il a déjà cinq arbitres et il lui en manque un. Ce sera Jean-Philippe ou moi. La voilà, l'occasion.

Et Farrar de m'expliquer les règles du jeu. Si j'accepte la proposition, nous partons tous les deux pour trois semaines de tournée d'arbitrage à Buenos Aires en Argentine, à

Itaparica au Brésil, puis enfin au Madison Square Garden de New York comme juge de ligne au Masters. À l'issue de ce match à deux, ils choisiront le vainqueur. À l'américaine ! Sans états d'âme. Ils poussent même le vice à nous héberger dans des chambres communes !

Je suis forcément un peu surpris mais flatté, et je décide d'accepter le marché. Je me dis aussi que je n'ai aucune chance d'être pris mais qu'au pire je vais me payer de belles vacances aux frais du conseil professionnel. Jean-Philippe est arbitre international depuis longtemps, alors que j'ai juste un tournoi derrière moi. Il a officié sur beaucoup de grands matches et parle anglais couramment. Je pars donc fermement décidé à en profiter au maximum. Et à vingt-six ans je garde du potentiel en la matière ! D'ailleurs, si je négocie un congé sans solde avec mon employeur pour pouvoir me dégager trois semaines, je n'entends pas arrêter de vendre mes camions.

Et nous voilà partis. Comble d'ironie, je décolle même de Nice avec Jean-Philippe car il habite également dans le Sud. Il faut savoir, pour comprendre exactement la situation, que je suis à l'opposé de mon binôme. Lui a décidé de dédier sa vie au tennis. La carotte qu'on lui propose représente donc son rêve ultime. Il prépare son sac d'arbitrage des heures à l'avance. Repasse ses pantalons au dernier moment pour rentrer sur le court dans une tenue impeccable. Il potasse le règlement en permanence et se montre incollable. Il se couche à 20 heures quand il n'est pas sur le court et suit un régime alimentaire draconien. Impossible de trouver plus différents que nous.

Tout se passe sans anicroche en Argentine puis à Itaparica où les organisateurs ont eu la bonne idée de jumeler le tournoi avec l'élection de Miss Brésil. C'est du pur délire. Personne ne dort la nuit... sauf Jean-Philippe, que je croise le matin quand je rentre et qu'il part faire son footing. Le Central est situé à portée de balles de la plage et c'est tout juste si je n'arbitre pas en tongs. Des Miss défilent en maillot de bain sur le court entre chaque changement de côté et le directeur du tournoi a même décidé d'organiser des paris sur les matches avec tous ses amis. Je regarde tout ce qui m'entoure avec de grands yeux incrédules. Pour la petite histoire, en finale, Agassi bat Mattar, le local de l'étape.

Puis cap sur New York. Le Masters se déroule sans que l'on vienne nous voir. Je récupère mais assure sur le court et le week-end Ken Farrar demande à me parler. Nous sommes seuls à la sortie du Central et il m'apprend, contre toute attente, que c'est moi qui ai été choisi pour devenir le sixième arbitre de cette nouvelle cellule professionnelle. Je ne dis rien. Les secondes s'égrènent et, un peu surpris de ne pas me voir plus content que ça, il me demande pourquoi je garde le silence. Penaud, je lui avoue que je ne comprends pas ce qu'il me dit. Je vois ses sourcils se lever et, après un petit sermon sur le fait que je dois absolument me mettre à l'anglais, et le plus rapidement possible, il me répète que j'ai décroché le poste. Puis il me donne rendez-vous le lendemain matin au 437 Madison Avenue pour signer le contrat et prendre mon programme de trente tournois pour l'année 1988. Le retour en France à côté de Jean-Philippe fut long et un peu pénible à vivre, même si je n'avais rien à me reprocher.

2.

Jeux, sets et matches

Dans la cage aux lions

Novembre 1987, me voilà marchant le nez au vent à scruter les silhouettes des gratte-ciel qui me mènent à Time Square. Je viens de signer mon contrat avec le MIPTC. Trente tournois figurent sur ma feuille de route 1988 – Adélaïde, Melbourne, Tokyo, Sydney, Montréal, New York... Je viens de quitter un monde connu pour rejoindre une planète étrangère. Tout s'est enchaîné si vite. Mais, oui, je veux être arbitre professionnel. Oui, j'aime ce métier, même si les raisons qui m'ont poussé à le devenir ne sont pas forcément celles de mes cinq collègues : l'Allemand Rudi Berger, le Brésilien Paulo Perreira, l'Américain Richard Kaufman, l'Anglais Gerry Armstrong et l'Australien Richard Ings. Je sais que je peux être bon et pourquoi pas le meilleur. Ce que je ne mesure pas, encore, c'est l'envers du décor. Le quotidien usant du « shérif globe-trotter » qui ne se limite malheureusement pas à faire respecter les lois du jeu de Stockholm à Sydney et de Dallas à Moscou. Rapidement, un homme allait bien résumer ce qui n'allait pas tarder à me tomber dessus : Philippe Chatrier.

Alors que je passe par Paris pour rejoindre Nice, je décide de faire un détour par Roland-Garros, autant pour annoncer à tous mes copains ma promotion que pour parader un peu. C'est donc fier comme un coq que je parcours les bureaux de la Porte d'Auteuil, lorsque je croise Philippe Chatrier, qui tient à me recevoir. Celui-ci est alors l'homme fort du tennis mondial. Il préside non seulement aux destinées de la Fédération française, mais aussi de la Fédération internationale (ITF) qui régit les quatre tournois du Grand Chelem, la Coupe Davis et bientôt le tennis aux jeux Olympiques. C'est le *big-big-chief*, y compris du Men's International Professional Tennis Council !

« Bruno, je suis très content pour toi et pour le tennis français, me confie-t-il d'emblée. Je te félicite. Ce que tu vas vivre sera unique et passionnant mais il y a un prix à payer. Il est assez élevé, et tu dois en être conscient : tu vas perdre ta famille ! » Sur le coup, je ne prends pas la pleine mesure de cette sentence. Malheureusement pour moi, l'avenir lui donnera raison. C'est donc le cœur vaillant que je m'envole le 25 décembre 1988 pour l'Australie. Paris-Singapour-Adélaïde. Vingt-quatre heures de voyage en *business class*, mais pas de Noël passé en famille ; une double première. Et des premières pas agréables à vivre, je vais en connaître à la pelle durant cette année de baptême du feu.

Au-delà des trente tournois que je vais assurer, soit plus de quarante semaines passées sur les courts, dans les hôtels et les aéroports, je vais vite me rendre compte que je dois, avant tout, en tant que nouvel arbitre professionnel, m'imposer sur le terrain. Auprès des arbitres locaux d'abord qui nous voient débouler sur leurs plates-bandes et prendre la lumière là où jusqu'ici ils régnaient en maître, mais surtout auprès des joueurs.

Jusque-là, les tournois étaient arbitrés par des « locaux », amateurs, et qui avaient tous leurs particularismes. Un arbitre japonais ne se comportait pas comme son homologue brésilien et les quelques jours qu'il consacrait chaque année à son tournoi ne lui permettaient pas d'entretenir ses automatismes. Bref, cela manquait de cohérence et de professionnalisme alors que le business du tennis explosait sur tous les continents. La création de cette *task force* d'arbitres professionnels est, en revanche, assez mal accueillie par les joueurs qui y voient tout de suite une menace. Ils n'ont pas l'habitude qu'on leur impose une autorité forte. Pour la première fois, ils trouvent sur la chaise quelqu'un qui ne transige pas et qui, en prime, n'hésite pas à les sanctionner fermement en leur distribuant des points de pénalité puis éventuellement des jeux de pénalité, des amendes, voire en les expulsant en cas de manquement grave. Ils découvrent un code de conduite qui les contraint à bien se tenir sur le court. Pour résumer, ils doivent se soumettre à un règlement strict et accepter de s'entendre dire non. Pas facile à digérer quand on est un champion reconnu, parfois surprotégé, et qu'on a progressivement adopté un comportement d'enfant gâté.

Tel est le premier défi que j'ai à relever. Je tiens bon, mais plusieurs fois, le soir venu, je craque dans ma chambre d'hôtel devant mon pauvre plateau room service, et ma télé que je bidouille pour trouver des programmes en français. Les voyages se multiplient. Les décalages horaires aussi et je me réveille souvent la nuit sans savoir où je suis. Je mélange régulièrement mes numéros de chambre. La solitude est d'autant plus dure à supporter que personne n'a encore inventé le smartphone et que les appels téléphoniques coûtent très cher. Je me demande combien de temps je vais devoir batailler pour faire ma place.

Ma compagne, Caroline, vit à des milliers de kilomètres et nos conversations sont rares. Je sais qu'elle souffre de son isolement et me cache tous les tracas qu'elle doit affronter seule. Elle veut me préserver pour que je puisse m'accomplir. Mais je ne suis pas dupe. Dans mon égoïsme, je culpabilise et n'ai personne auprès de qui m'épancher. Avec mon anglais hésitant qui s'améliore au fil des mois, mais qui reste un handicap face à mes cinq alter ego plus expérimentés, je dois donc prendre sur moi pour avancer et ne pas me faire manger. Sur les courts, les Lendl, McEnroe, Connors sont passés maîtres dans l'art de vous déstabiliser. Pour le dire crûment, avec les mots qu'ils choisissent eux-mêmes d'utiliser sur le court, ils veulent savoir si j'ai des c…

Je sais de mon côté que me montrer ferme et inébranlable est une question de survie et que si je me laisse aller au moindre signe de faiblesse, je suis mort. Cette situation, nous la connaîtrons tous les six, mais malheureusement chacun de notre côté. Le circuit est ainsi fait qu'à l'exception des quatre tournois du Grand Chelem – Open d'Australie, Roland-Garros, Wimbledon et US Open – où nous nous retrouvons et travaillons de concert, chaque arbitre pro voyage seul, vit seul. Je suis, bien sûr, épaulé d'un superviseur délégué par le MIPTC sur les tournois du Tour, mais cet accompagnement, bien qu'essentiel, ne suffit pas à évacuer tous les doutes et tous les questionnements. En tout cas ceux qui ont trait à ma vie personnelle. Je commence à comprendre que le tableau idyllique que je m'étais fait du métier est assez loin de la vérité, mais je ne cède pas. À chaque occasion qui m'est donnée, je répète aux joueurs que nous sommes des professionnels comme eux, que nous partageons leur vie, et qu'ils nous doivent le respect.

Paradoxalement, les stars du circuit ne sont pas les plus dures à convaincre ni à arbitrer. Ils se font progressivement à notre existence et c'est à eux que j'aime me frotter. Nous nous croisons sur les grands courts, souvent devant des gradins remplis, et la présence des télévisions contribue aussi à les rendre plus mesurés. Ils crient, peuvent fracasser leurs raquettes, mais ils ne franchissent que très rarement les bornes de l'acceptable. Y compris un Jimbo vociférant ou un big Mac. Ils ont peut-être tout autant à perdre que nous à une confrontation frontale.

Mon premier « combat » face à John McEnroe, qui restera d'ailleurs comme l'un de mes plus beaux souvenirs d'arbitrage, en atteste. La scène a pour cadre le tournoi de Bercy 1988. Sans doute pour me jauger, mes supérieurs me désignent pour officier sur un quart de finale entre McEnroe et le Suisse Jakob Hlasek. C'est la première fois que je me frotte à l'Américain. Je suis forcément très tendu, mais surtout très excité. Un peu présomptueux aussi, car j'ai envie de lui faire voir qui je suis. Tout se passe bien pendant un set et demi. Puis, sur une annonce d'un juge de ligne qu'il estime erronée, il peste, grogne et crache en sa direction. Je ne peux que lui donner un avertissement. Sur la chaise, je me prépare à l'assaut mais McEnroe ne dit trop rien et reprend la partie jusqu'à ce qu'il lève la main sur un service de Hlasek au milieu de la troisième manche. Je donne le point au Suisse mais lui estime que la balle de Hlasek est *let*. Il monte en température, le public avec. Je sais déjà que je vais connaître mon premier baptême du feu dans un grand match.

McEnroe vient au pied de ma chaise. Il me demande d'appeler le superviseur – Thomas Karlberg – que j'aperçois plus loin au bord du court. La solution la plus simple serait d'accéder à sa requête, mais je me dis que c'est le moment idéal pour m'imposer. Je refuse et lui demande de reprendre le jeu. Il interroge Karlberg du regard, mais lui non plus ne bronche pas. Il me laisse gérer la situation.

Le public de Bercy s'en donne à cœur joie pour mettre de l'huile sur le feu. On le sait particulièrement bruyant et indisciplіné, il est à la hauteur de sa réputation. Au bout d'un moment j'ai conscience qu'il faut que j'intervienne et je prononce le fameux « *Let's play, mister McEnroe* »... La règle est simple : à partir de cette injonction, Mac a trente secondes pour repartir jouer, sinon, comme il a déjà été averti, je dois lui infliger un point de pénalité. Ce qui peut être lourd de conséquences à ce moment de la partie. Ostensiblement je lance mon gros chrono chromé. Il ne bronche pas. L'aiguille défile, je commence à suer à grosses gouttes. Les secondes sont interminables et je me dis qu'elles égrènent peut-être les derniers instants de ma carrière d'arbitre. Plus que cinq secondes... trois... Après vingt-huit secondes exactement, McEnroe cède et reprend sa place. Finalement, il perd en trois sets et quitte le court précipitamment sans me serrer la main.

Je suis rincé nerveusement. Lorsque à mon tour je descends de ma chaise et quitte le court central, j'ai franchement l'impression que quelqu'un a poussé le chauffage dans la salle. Alors que j'ai parcouru quelques mètres dans les couloirs qui mènent au bureau de Gilbert Ysern, le juge-arbitre, je sens une main se poser sur mon épaule. Je me retourne et me trouve face à face avec John McEnroe qui me dit : « *You are just like me, I like this kind of emotions.* » (« Tu es comme moi, j'aime ces moments de tension intense. ») Et il s'éloigne sans autre commentaire. Aujourd'hui encore je pense que c'est l'un des plus grands moments de ma vie. McEnroe savait que j'avais agi comme il le fallait, et moi je lui avais montré que j'en avais !

Vingt ans plus tard, lorsqu'il m'a offert son livre de souvenirs, il a inscrit comme dédicace : *À Bruno, l'arbitre que j'ai le moins détesté au monde.*

Pénalisé avant même d'avoir joué

Je m'aperçois vite, en revanche, qu'il existe une autre catégorie de joueurs beaucoup plus redoutables. Ils ne tiennent pas forcément le haut de l'affiche, mais leurs vies se cantonnent souvent aux limites du court. Ils sont certes venus au tennis par passion, mais rapidement se sont aperçus qu'ils ne joueront pas les premiers rôles. Ils réfléchissent plus en termes de dollars que de points ATP. Eux, je découvre qu'ils nous détestent. Ils abhorrent toute autorité marquée. Ils sont durs et peuvent se montrer très méchants, même s'ils donnent parfois le change auprès du public. Comme l'Australien Todd Woodbridge, le gendre parfait, blond et angélique mais qui est unanimement reconnu comme un malin de première et un type aussi imbuvable que l'est la paire de double américaine Flach-Seguso. Il ne fait pas bon, non plus, tourner le dos à des Scott Davis, des Johan Kriek, Pat Cash ou Kevin Curren.

Un jour, ce dernier tenta un coup de bluff pour me déstabiliser. Nous sommes à Key Biscayne, une île située au large de Miami. C'est un tournoi important, car il octroie beaucoup de points ATP précieux pour monter dans la hiérarchie, et plus encore de dollars. Pourtant, l'ambiance y est assez détendue. Je dois arbitrer au premier tour un match entre l'Américain Glenn Layendecker et le Sud-Africain Kevin Curren. Le premier est un joueur qui évolue dans le top 50 mondial et qui a la particularité de jouer avec une genouillère articulée, à la suite de ligaments abîmés. Curren, lui, est d'un autre calibre. En 1984, il a disputé la finale de l'Open d'Australie, puis a réédité l'exploit en 1985 à Wimbledon où Boris Becker l'a battu. Curren est un joueur dur, brillant sur le court, où son service est une arme redoutable, mais agressif avec les arbitres. Son visage émacié et ses yeux perçants n'aident pas à le trouver plus agréable.

Nous arrivons tous les trois sur un petit court et comme de tradition, pendant que les deux hommes installent leurs affaires, je me positionne au milieu du court à hauteur du filet pour faire ma petite conférence d'avant match. C'est un rituel assez important car je me dois de leur exposer les règles qui vont être appliquées durant la partie. Certaines, comme le nombre de balles utilisées et le rythme auquel elles seront changées, varient d'un tournoi à l'autre. Ce n'est pas neutre.

Layendecker s'approche pour participer au *toss*[1] qui désigne le joueur qui va servir en premier, mais pas Curren. Assis sur son fauteuil, il prend tout son temps pour changer le grip du manche de sa raquette, l'air absent.

Je lui demande de nous rejoindre.

1. Tirage au sort effectué par l'arbitre au début d'un match, à l'aide d'une pièce.

« Monsieur Curren, s'il vous plaît, nous vous attendons.

– Non, non, allez-y.

– S'il vous plaît…

– De toute façon, enchaîne-t-il, en me fixant dans les yeux, je préfère ne pas me déplacer car tu es tellement nul que tu ne dois même pas savoir comment lancer la pièce pour jouer à pile ou face. »

Il a décidé de me provoquer. Je n'ai donc d'autre choix que d'appliquer le règlement.

« Monsieur Curren, je vous mets un avertissement pour conduite antisportive. »

Ce qui non seulement ne le calme pas mais l'incite à pousser le bouchon un peu plus loin encore.

« De toute façon, je t'emmerde…

– Monsieur Curren, je vous mets cette fois un point de pénalité pour insultes. »

Il ne s'en préoccupe pas plus que ça et sans me jeter un autre regard se dirige vers la ligne de fond où il commencera le match à 0-15 en sa défaveur. C'est la seule fois de ma carrière où j'ai dû sanctionner un joueur avant même le début d'un match. L'incident n'est pas fondamentalement grave en soi, mais il dénote une mentalité partagée par certains joueurs de l'époque et la tension qu'ils aimaient entretenir. Pourtant, au fil des semaines, je sens que je me remplis d'assurance. Fidèle aux principes que je crois fondateurs, je privilégie le dialogue, quitte, parfois, à en faire beaucoup. Contrairement à nombre d'arbitres, y compris mes collègues pro qui officient la main sur le règlement, je suis convaincu que les joueurs n'attendent qu'une chose : être rassurés. Sur ma chaise, je mets tout en œuvre pour leur faire croire que j'ai bien vu ou tout compris. Ce qui est faux, le plus souvent. Des gens m'abordent parfois pour me demander comment je m'entraîne pour juger si un smash prend ou non la ligne de fond de court… eh bien je ne m'entraîne pas, car c'est impossible. Je n'ai pas une vue supérieure à la moyenne et je ne suis pas bionique. Mais avec l'expérience, je dois le sentir et donner l'impression d'avoir parfaitement jugé l'impact du missile qui vient de soulever l'enthousiasme des gradins. Et surtout, sauf cas exceptionnel, j'évite de revenir sur mes décisions.

Je ne peux pas me tromper parce que je suis sûr de moi. Et c'est parce que je suis sûr de moi que je suis l'arbitre. Le meilleur. Cette assertion est proche du délit d'abus de confiance, je le concède, mais elle régira durant toute ma carrière ma manière de fonctionner.

Pour réussir à imposer ce type d'arbitrage qui oblige à parler plus que nécessaire peut-être, il convient surtout d'avoir la bonne attitude. Les Anglo-Saxons parlent de *body language*. Sur ma chaise, je bouge beaucoup, et lorsqu'un joueur s'avance vers moi, j'aime me pencher vers lui. Réduire l'écart qui nous sépare, c'est mieux communiquer. Il convient également de se montrer le plus réactif possible. L'écoute est capitale. Mais le plus important, peut-être, c'est de capter le regard et ne pas le lâcher.

Sur un point litigieux, la première chose que fait le joueur qui se sent lésé est de regarder l'arbitre.

Instinctivement. Si à ce moment précis, je « prends » son regard et lui fais comprendre d'un imperceptible mouvement du visage que j'ai vu, j'ai toutes les chances de déminer une situation qui risque de dégénérer. Le joueur se sent en sécurité, même si l'annonce lui est défavorable.

Et c'est parce que le regard est si important que j'ai toujours refusé de porter des lunettes de soleil sur ma chaise. Même par grand soleil. Je suis persuadé que les yeux envoient un message plus efficace que des mots prononcés devant des centaines, voire des milliers de spectateurs. Ces préceptes, bien que discutés par d'autres, me semblent toujours universels et s'appliquent, en fait, à tous les sports, sans exception.

J'ai souvent observé mon homologue du football, Pierluigi Collina. Lui aussi qualifié en son temps de « meilleur arbitre du monde ». Était-il plus rapide que les autres ? Voyait-il mieux que quiconque à plus de trente mètres une action confuse alors qu'il était en apnée et qu'un joueur masquait son champ de vision ? Sans doute pas. Mais il se forçait à intervenir le plus rapidement possible et se collait physiquement aux joueurs. Les yeux dans les yeux, il imposait alors sa vision des choses. Des années plus tard, il reste dans les mémoires comme l'un des arbitres les plus respectés du monde. Tout le monde ou presque a oublié ses erreurs, car il arbitrait humainement d'autres hommes et prenait du plaisir à ce que cela se voie.

« Toi faire deux petites conneries... toi tout de suite connu dans le monde entier ! »

Dans le fond de mon lit à Tokyo, Philadelphie ou Rome, ou dans l'avion qui me donne l'impression de jouer au yoyo entre l'Europe et les États-Unis, je me refais des matches les yeux fermés, reviens sur certaines décisions ou attitudes. Souvent je m'en veux, mais je suis aussi content de moi, parfois. Je me sers également de discussions avec des joueurs ou des entraîneurs pour mieux rentrer dans leur tête et comprendre leurs façons de réagir.

En ce sens, la master classe que m'offre Ion Ţiriac lors du tournoi de Monte-Carlo 1988 me reste, plus de trente-cinq après, toujours en mémoire. Alors que je le croise dans les vestiaires, il m'interpelle et me dit avec son inimitable accent roumain sculpté dans un chêne centenaire de Transylvanie : « Petit, viens là. Moi donner conseils à toi. » Un peu tremblant, car c'est la grosse moustache de M. Ţiriac qui me parle et ce sont ses grosses lunettes aux verres fumés qui me fixent, je m'approche et ouvre grand mes oreilles. « Toi, chaque match, faire deux petites conneries ! Pas grosses conneries, attention ! petites, car sinon toi viré, plus manger, plus salaire, femme pas contente. Toi garder le job. Pourquoi ? Car petite connerie... tout de suite gros plan télé sur toi et toi... tout de suite connu dans le monde entier ! Si toi faire match parfait, jamais passer télé. Les matches d'arbitres, c'est comme compte en banque. Plus tu as de crédits plus tu peux te permettre de faire conneries. Ça ne coûte pas trop. »

Énoncée aussi clairement par un génie du jeu et du marketing tel qu'Ion Ţiriac – l'homme fut l'agent de Boris Becker, Guillermo Vilas, Henri Leconte, Marat Safin, puis a révolutionné le tennis allemand –, la leçon me fait l'effet d'une bombe. Non seulement je comprends tout de suite ce qu'il veut me dire, mais je suis d'accord avec lui. Et aujourd'hui je peux bien l'avouer, certains de ses conseils me restent d'une grande aide. Plus le temps passe, plus j'accumule les matches et plus je me persuade qu'il n'y a pas d'école d'arbitrage possible. Et en tout cas, il n'existe pas de recettes miracles à appliquer en cas de situation conflictuelle. Il me semble évident que se cacher derrière le règlement pour asseoir son autorité est contre-productif et va m'envoyer à coup sûr dans un mur.

Le problème, c'est que les instances professionnelles, où exercent en majorité des Anglo-Saxons, veulent mettre en place un arbitrage le plus homogène possible entre nous six et, pour ce faire, nous demandent de rester le plus près possible d'une application stricte, presque livresque, des règles du jeu. Les superviseurs qui nous accompagnent sur les tournois nous couvrent et nous protègent auprès des joueurs. Mais ce que nous gagnons en confort et en légitimité, nous le perdons en autonomie. Et il semble que je suis le seul à en souffrir dans l'exercice de mon métier.

Pourtant je ne lâche pas le morceau et ne perds jamais une occasion de plaider ma façon de voir auprès du MIPTC. Non seulement je veux lui prouver que la communication est essentielle sur le court, mais qu'au-delà il faut absolument continuer à côtoyer normalement les joueurs au quotidien. Ne serait-ce que pour les convaincre que nous partageons le même bateau que nous avons un intérêt commun à entretenir et à défendre.

Je pousse même le détail jusqu'à mettre en forme mon approche de la direction du jeu et invente la règle des 3C : *Control, Communication, Common Sense* (« bon sens »). En trois mots, je parviens à résumer ce qui pour moi est la clé de l'arbitrage.

Je m'aperçois vite que je prêche dans le désert. Une nouvelle fois, je suis à deux doigts de franchir la ligne rouge qui me sépare de mes supérieurs. Bien que je voyage dans les mêmes avions que les joueurs, que je partage avec eux les mêmes hôtels et que je les croise au restaurant matin et soir, il m'est fortement conseillé de limiter nos échanges au strict minimum.

J'en prends note mais ne modifie en rien mon comportement. Je continue à fréquenter les mêmes tables que les joueurs, le plus souvent les Français, bien sûr, mais aussi les Italiens ou les Espagnols et il m'arrive même de les dépanner. Comme c'est le cas avec Éric Winogradsky qui débarque sur le circuit américain et que j'héberge dans ma chambre d'hôtel. Comble de la provocation, j'entretiens même de bons rapports avec la presse. Étonnamment, on ne me sanctionne pas. On me sermonne parfois, mais je ne suis pas mis à l'amende. La fameuse intransigeance anglo-saxonne ne s'applique pas. Il faut dire que je ne fais pas école auprès de mes collègues pro et cette forme d'hypocrisie latente m'arrange parfaitement.

Je m'aperçois alors que mes années d'apprentissage auprès de Jacques Dorfmann m'ont sans doute influencé plus que je ne le pensais. Au-delà de l'arbitre, du juge-arbitre ou du directeur des compétitions à la Fédération française, il incarne cette idée romantique de la direction de jeu que j'aime vraiment. Il est aux antipodes des injonctions faites par n'importe quel membre du conseil professionnel pour arbitrer le doigt sur la couture du pantalon. Je sais que sur la chaise il n'arbitre pas forcément comme il le faudrait aujourd'hui. Il manque autant de rigueur que de cohérence dans ses prises de décision. Mais quel talent pour échapper à toute critique. Un peu comme si les joueurs les plus retors cédaient d'avance face à son charisme nonchalant.

Plus jeune, je me rappelle ses déambulations dans les allées et sur les courts de Roland-Garros où il donnait l'impression de faire partie du décor même s'il était né six ans après leur construction en 1927, mais qu'importe. Les mousquetaires, Brugnon, Cochet, Borotra ou Lacoste auraient pu être ses enfants, lui qui n'en a jamais eu. Je pouvais tout aussi bien l'imaginer traversant la Porte d'Auteuil au bras de la divine Suzanne Lenglen malgré le peu de cas qu'il mettait à s'apprêter. Jacques n'avait pas d'âge. À sa façon, il était un saltimbanque qui avait choisi le monde du tennis comme décor de théâtre à sa vie.

Mais quelle élégance, quel charisme ! En dépit de sa veste trop grande, aux manches trop longues, de ses pantalons aux revers largement dehors et de sa cravate toujours retournée sur son épaule lorsqu'il courait doucement sans se presser, il était partout à la fois, pour gérer tous les problèmes. Il lui suffisait de faire écouter sa voix tout aussi veloutée et précieuse que précise et enjôleuse pour aplanir tous les différends. Rien ne l'effrayait, ni une conférence de presse tendue où il mettait les journalistes dans sa poche d'une formule ciselée, ni une journée de compétition rendue apocalyptique par la longueur des matches ou le déclenchement de pluies diluviennes. Il se retranchait alors dans son bureau et, devant un auditoire ébaubi, jonglait avec la programmation tel un professeur de mathématiques s'attaquant au théorème des accroissements finis pour lâcher, une fois la solution trouvée, un « Ben voilà, ce n'était pas plus compliqué que ça... ». Joueur de bridge de haute volée (1er série Pique) et diplômé de HEC, il aimait se frotter à ce type de défis, regrettant juste qu'on ne l'applaudisse pas à la fin.

Son sens du spectacle n'avait d'égal que son sens de l'humour et du calambour qu'il cultivait avec délectation au moment des tirages au sort de Roland-Garros. À l'époque, les joueurs de simple venant des quatre coins du globe demandaient fréquemment aux organisateurs de leur trouver un partenaire pour disputer le double.

Jacques leur proposait des associations assez improbables telles Morris-Cooper, Roux-Bignolles, Portes-Mayotte ou encore Camps-David. Comble du talent, parfois les deux joueurs tombaient d'accord, ce qui le ravissait forcément au plus haut point et lui permettait de faire le spectacle lors du tirage au sort en public. Comment ne pas tomber sous le charme de ce dandy légèrement suranné qui ne me reprit jamais son amitié, y compris lorsqu'en 1989 – comble d'ironie grinçante – j'allais lui succéder sur la chaise et le pousser, bien malgré moi, vers la retraite ?

Une époque aura définitivement disparu avec lui, c'est indéniable.

Naufrage au Royal Albert Hall

Au terme de cette première année sur le circuit, je suis traversé par plusieurs sentiments contradictoires, même si globalement je suis content, soulagé et fier de ce que j'ai pu parcourir sans trop d'encombres. J'ai découvert des pays inconnus, des tournois fabuleux. Non seulement mon anglais me permet désormais d'évoluer sans retenue, mais j'ai le sentiment d'avoir réussi à m'intégrer au grand *tennis circus*. Un détail me semble parfaitement résumer ma victoire. Sur le court, dans les travées des stades, à l'hôtel où au restaurant, je suis « Bruno » pour les joueurs et non M. Rebeuh comme pour les autres arbitres. Cela peut sembler assez insignifiant, mais je le prends comme un signal fort d'intégration. Je me sens totalement à ma place, pourtant je n'ai pas encore été désigné pour arbitrer une finale alors que l'on m'a confié nombre de très gros matches et cela affecte un peu mon ego. Je comprends alors par la bande que pour mon tour de chauffe on a essayé de me protéger un peu. Je l'accepte, car je suis profondément convaincu que mon heure viendra. Et 1989 va être, sans doute, ma plus belle année professionnelle.

Reste qu'il faut finir l'année alors que je commence à franchement rouler sur la jante. Je réussis pourtant, entre octobre et décembre, à aligner quatre allers-retours États-Unis-Europe. Ces tournois se disputent à ce moment de l'année en indoor et l'on y enchaîne deux, voire trois matches par jour, le dernier souvent en nocturne, sans jamais profiter de la lumière du jour. C'est donc privé de soleil et ne sachant plus à quel décalage horaire me raccrocher que je débarque à Londres pour arbitrer le Masters de double réunissant les meilleures équipes du monde au Royal Albert Hall.

Pour l'occasion, les organisateurs ont mis les petits plats dans les grands. Le court unique a été construit au milieu de la majestueuse salle de concert, et le public, trié sur le volet, vient toute la semaine assister aux matches tout en dînant au champagne. Nous, arbitres, officions en smoking et nœud papillon. L'ombre de la reine Victoria hante les lieux.

Pour mon entrée en matière je suis désigné pour arbitrer un match de poule couperet : Flach-Seguso contre

Kriek-Evernden. Quatre joueurs horribles qui détestent les arbitres. *Cherry on the cake*, le match présente une particularité. L'une des équipes doit absolument s'imposer en deux sets pour se qualifier tandis que l'autre doit juste gagner la partie pour sortir de ladite poule.

Rapidement, je m'aperçois que je ne suis pas au mieux de ma forme. Je déforme les noms des joueurs que je présente, puis j'intervertis leurs prénoms. J'éprouve les pires difficultés à me concentrer et enchaîne les erreurs d'annonce. Je me rends compte, au bout d'un instant, que je suis en train de perdre la boule. Que la fatigue a eu raison de ma résistance. J'ai beau essayer de faire bonne figure, je sombre tel le *Titanic* sous les lustres de cristal. L'équipe qui devait absolument gagner en deux sets s'impose… mais en trois manches, ce qui implique que les deux équipes que je viens d'arbitrer sont éliminées ! J'ai réussi le tour de force de faire perdre les quatre joueurs !

Que croyez-vous qu'il arrive alors ? Non seulement les deux équipes ne tentent pas d'unir leurs forces ni leurs ressentiments pour me pendre par les pieds à la sortie du court, mais elles s'éclipsent sans plus de bruit pour récupérer ma feuille d'arbitrage largement raturée. Elles se débrouillent ensuite pour me la faire encadrer et me la remettre dès le lendemain matin, le tout accompagné d'un bref message : *Bruno, en souvenir du plus mauvais match de ta carrière.* Signé : Ken Flach, Robert Seguso, Johan Kriek, Kelly Evernden.

Le match s'était si mal déroulé qu'ils avaient sans doute eu conscience que je n'étais pas dans mon état normal. Preuve, si besoin est, que chacun peut être, un jour ou un autre, touché par la magnanimité. En tout cas, ce jour-là, le crédit de mon compte crédibilité m'aura été bien utile. Merci, Ion…

« Je ne veux plus que tu parles à ma femme »

Une fois mon contrat d'un an renouvelé pour 1989, me voilà de retour à Cannes où nous résidons désormais avec Caroline. Je n'ai quasiment pas vu ma famille et mes amis depuis un an et je m'aperçois que le monde n'a pas cessé de tourner en mon absence. Je prends des nouvelles des uns et des autres, apprends qu'Untel n'habite plus la région, qu'un couple d'amis proche attend un enfant et qu'un autre va sans doute divorcer. Et puis, il y a un problème de dégât des eaux à voir avec l'assurance. Comme il faut aussi songer à changer la vieille machine à laver. Et la machine, je la préfère avec un hublot frontal ou plutôt option séchante ? Je ne sais pas, je ne sais plus. Toute l'année, je donne mon linge à nettoyer à l'hôtel et on me le rend plié, enveloppé dans du papier de soie. C'est moi qui ai l'impression de me retrouver dans la machine avec le cycle essorage enclenché.

Mais pas question de me plaindre. J'inflige trop de sacrifices à mon entourage pour me sentir en droit de leur demander de me laisser souffler. D'autant que je vis en parallèle une vie que d'aucuns qualifieraient de rêve. Je voyage et dors dans les mêmes palaces que les joueurs et me retrouve très souvent invité dans des soirées mondaines où se bouscule le gratin du pays. C'est assez culpabilisant quand je reviens auprès des miens et que je passe au crible des questions. Alors je raconte, mais pas forcément tout. Même si je n'ai rien à me reprocher, j'ai conscience que le décalage qui existe entre mon quotidien, certes un peu superficiel mais palpitant, et celui de mes proches, est abyssal. Alors je laisse de côté des pans de ma vie « parallèle ».

À Bâle, une année, j'arbitre le fameux Swiss Indoor. J'ai fini d'arbitrer, mais je décide ce soir-là de retourner au stade pour voir un Noah-Bahrami qui s'annonce explosif. Ça va faire le show. Pour être plus à mon aise, j'enfile un survêtement et une fois arrivé je prends place dans la petite tribune réservée aux joueurs. Me voilà installé au beau milieu d'une belle brochette de stars dont Jimmy Connors, Mats Wilander, Boris Becker. De loin je peux donner le change sur ma véritable identité. J'ai encore pas mal de cheveux et je peux me prévaloir d'un corps de grand sportif que je ne suis plus. À la fin d'un set arrive une ribambelle de gamins en quête d'autographes. L'un d'entre eux me tend le programme officiel du tournoi pour que je le signe. Un brin embarrassé, je lui dis que je suis très flatté mais que je ne suis pas un joueur. Et lui de me répondre du tac au tac : « Ben, je sais, mais vous êtes le seul Français qui arrive en finale toutes les semaines. » Donc très fier je lui signe, grand seigneur, le premier autographe de ma carrière.

Ce type de situation est forcément drolatique, et ne devrait pas influencer plus que ça la personne qui y est confrontée. Pourtant, imperceptiblement, elle modifie votre comportement. Les cloisons entre vraie vie et vie publique deviennent mouvantes. Quand on vit toute la journée sur le site d'un tournoi, on croise bien sûr des joueurs, mais également leur entourage. À commencer par les familles et les épouses qui ont beaucoup de temps libre et s'évertuent à tuer le temps aux *players lounges*. Car si la majorité des femmes ou des compagnes ne choisissent pas cette vie d'itinérance, celles qui le font ne peuvent passer leur vie à faire du shopping, même si certaines excellent en la matière. Naturellement, au fil des mois, je tisse avec elles des liens amicaux. Ainsi, j'aime papoter avec l'actrice Brooke Shield, la femme d'Andre Agassi, qui parle français, comme Samantha, l'épouse d'Ivan Lendl. J'aime aussi échanger avec « Tish » Kriek qui est une femme séduisante et bourrée d'humour. Même si nos conversations vont s'interrompre assez brutalement.

Je suis au tournoi indoor de Memphis et je dois arbitrer une rencontre avec Johan Kriek. Je réunis les deux joueurs pour la traditionnelle petite conférence d'avant match, mais le Sud-Africain, arrivé le premier, fond littéralement sur moi et m'adresse sèchement la parole. « Tu vois, ce match, je m'en fous complètement, attaque-t-il. Comme je n'en ai rien à foutre que tu sois bon ou mauvais aujourd'hui. Mais qu'une chose soit très claire, et je ne vais pas revenir dessus. À partir de maintenant, je ne veux plus que tu parles à ma femme. Bien compris ? » Même si je n'ai rien à me reprocher, je suis instantanément cryogénisé. Si l'époux, sur place, ne comprend déjà pas la nature de nos rapports, je m'interdis a fortiori de raconter ce type d'anecdote à la maison. Là où les doutes de Johan Kriek n'instilleraient que de la jalousie. Résultat, cela ne fait que renforcer au gré des voyages un comportement schizophrénique et culpabilisant.

Détail malgré tout amusant, Johan Kriek, avec qui j'ai souvent eu maille à partir pendant ma carrière, est resté l'un des joueurs avec qui j'entretiens encore quelques relations. Il a une académie de tennis en Floride et a la particularité, annexe, de collectionner les bérets. Il en est dingue, de sorte qu'il n'y a pas très longtemps je lui ai offert un béret de René Lacoste. Il était touché de l'attention. Pour autant, malgré le temps écoulé, je n'ai pas osé lui demander des nouvelles de « Tish ».

Je n'ai pas demandé non plus à « Bobo » Živojinović s'il était toujours en couple avec sa compagne de la fin des années 1980 et si celle-ci s'était calmée avec le temps. « Bobo » était un joueur serbe plutôt sympathique bien qu'impulsif. Grand et lourd, il faisait partie des canonniers du circuit où son service l'avait propulsé au premier rang mondial des joueurs de double. Hasard ou pas, il partageait sa vie avec une chanteuse de rock, je crois. Grande, large d'épaules, les cheveux décolorés et hirsutes, elle était souvent vêtue de cuir de la tête aux pieds. Un personnage tout droit sorti d'une couverture de *Metal Rock Magazine.*

Je la vois s'installer, un jour, tout en haut de la tribune d'un court de Key Biscayne alors que j'arbitre son compagnon. Sur le terrain, tout se passe plutôt bien, mais « Zivo » n'est pas à son avantage. Forcément les annonces en sa défaveur se multiplient, ce qui ne semble pas plaire à son amie. Plus le match avance et plus mon regard est attiré par cette femme qui vocifère, monte en température et finit par se saisir de son parapluie telle une batte de base-ball, me fixe des yeux et fait mine de me frapper la tête. Le match se termine. « Bobo » vient de perdre, il me serre la main, je range mes petites affaires et rentre au bureau des arbitres qui se trouve à l'autre bout du stade. Je n'ai pas fait cent mètres que j'entends de grands cris derrière moi. Je me retourne et vois alors « Madame » Bobo, parapluie au clair, fendre la foule et se précipiter vers moi, telle Jeanne d'Arc fondant sur l'Anglois à Orléans.

Quelque chose me dit qu'une tentative de conciliation, à chaud, risque de s'avérer vaine. Je presse le pas, puis je finis par courir me réfugier parmi mes pairs. Je suis sauvé. De quoi, je ne le saurai jamais, mais je me félicite encore aujourd'hui de ne plus avoir eu à croiser cette dame.

Pas grand monde autour de moi ne semble prendre la mesure de la vie que je mène, des « périls » auxquels j'échappe, ni des kilomètres que je collectionne. J'évolue dans deux mondes parallèles. Je m'en rends vraiment compte lorsqu'un jour je décide de passer la tête au TC Combes, mon club de tennis à Nice. Sur le parking, je tombe sur un type sympa avec qui j'ai eu l'occasion de jouer à plusieurs reprises. Je crois me souvenir qu'il était policier municipal, mais il était surtout fan de tennis.

« Ça a l'air de bien marcher pour toi, me dit-il d'entrée, très content d'avoir pu harponner en premier la petite vedette locale. On t'a vu à la télé l'autre jour. Tu as dû faire de sacrés voyages… »

Et moi, pas peu fier comme toujours, de confirmer et de lui préciser que je repars bientôt pour l'Australie.

« Et combien de temps pour aller là-bas ?

– À peu près vingt-quatre heures de porte à porte.

– Vingt-quatre heures ? lâche-t-il, mi-impressionné, mi-incrédule. Putaing… mais tu devrais prendre l'avion ! »

Nous ne vivons désormais plus dans le même monde.

Malgré tous les inconvénients liés aux voyages incessants et à la naissance d'un dédoublement de personnalité légèrement troublant, j'aime cette nouvelle vie qui me force à vivre dans l'instant présent et me permet d'étancher mon besoin de reconnaissance. Je commence, également, à lui trouver d'autres vertus. Pour moi, qui ai grandi sur la Côte d'Azur, je peux assouvir ma curiosité. Non seulement j'essaye de profiter du moindre instant de libre pour visiter les plus beaux sites et les monuments les plus renommés des pays dans lesquels je suis, mais je m'ouvre à des expressions culturelles qui ne me paraissaient pas jusque-là faites pour moi. Mais pour ce faire et profiter d'un maximum de temps libre, je pars plus tôt et rentre plus tard de mes déplacements.

C'est ainsi que sur l'insistance de l'Italien Vittorio Selmi, et de mon ami arbitre Paulo Pereira, je découvre l'opéra. Plus âgé que moi, Selmi fait partie du staff de l'ATP qui de tournoi en tournoi représente les joueurs. Il éprouve le besoin de se nourrir culturellement dans chaque ville qu'il fréquente et il fait volontiers acte de prosélytisme. Si bien qu'après plusieurs tentatives d'approche vaines, je cède à leur proposition d'aller écouter un opéra. En principe, les seuls enregistrements qui me suivent à l'hôtel sont ceux des Rolling Stones ou de Johnny, toujours lui. Mais Selmi me tient à peu près ce langage : « Bruno, si tu veux apprécier l'opéra, il faut que tu respectes trois temps. D'abord tu écoutes les grands airs, puis tu te procures les livrets et tu lis l'histoire. Enfin, et seulement à ce moment, tu écoutes l'opéra en lisant l'histoire. Tu vas voir, ça change tout. »

Bien appliqué et fidèle à ses recommandations, je fourbis mon walkman et entreprends de « travailler » sur *L'Élixir d'amour* de Donizzeti. À mon grand étonnement, j'accroche, et peu à peu, commence à apprécier l'exercice jusqu'au moment où je vais avec lui à l'opéra de Sydney, puis à celui de Philadelphie. C'est, sinon une révélation, en tout cas la naissance d'un plaisir qui va grandir avec le temps. J'irai souvent avec lui écouter d'autres œuvres à Nice, ou à Londres, et bien sûr à la Scala de Milan où

Vittorio m'invite pour assister à un *Don Giovanni* extraordinaire, dirigé par Riccardo Muti.

Mais il n'est pas toujours facile de concilier tennis et opéra. Un jour, alors que je suis à Wimbledon, Vittorio nous a réservé une place pour assister à une représentation à Covent Garden. Malheureusement, comme souvent, il fait un temps de chien sur Londres. La pluie a retardé toutes les parties et alors que je pouvais espérer quitter le stade vers 16 heures, il est 17 heures passées et je suis toujours sur ma chaise à arbitrer un double avec McEnroe et Fleming. Or, l'opéra débute à 19 heures. Inconsciemment sans doute, je trahis mon agacement qui grandit au fil du temps qui s'écoule. Je regarde fréquemment ma montre et parle plus vite qu'à l'ordinaire pour faire mes annonces. Comme si cela pouvait accélérer le mouvement…

À un changement de côté, McEnroe, qui doit être dans un bon jour et de bonne composition – oui, oui, ça lui arrive –, s'approche et me dit : « Je sais que tu dois sortir ce soir avec Vito, mais sache que je finirai le match quand j'en aurai envie. » Comment est-il au courant de la situation ? Je n'en ai aucune idée, mais il est parfaitement informé. Heureusement, les Américains gagnent en quatre sets (les doubles se disputaient encore aux meilleurs des cinq sets). Il est 18 heures. Je finis de griffonner ma feuille d'arbitrage, la rends à la volée et bondis dans le premier taxi venu. Seul problème, je n'ai pas le temps de me changer. J'assiste donc à mon opéra dans le « magnifique » costume en tergal vert et crème des arbitres de Wimbledon. Autant dire que je fais sensation à la Royal Opera House.

Tout cela pour dire que la vie sur le circuit ne se résume pas à une existence de globe-trotters décérébrés. Avec mes cinq amis arbitres, même si nous ne nous croisons que sur les tournois du Grand Chelem et les ancêtres des Masters 1000 d'aujourd'hui, nous avons plaisir à nous retrouver pour parler de nos découvertes et pas seulement des joueurs qui nous pourrissent la vie. On passe en revue les restaurants, dont nous échangeons les adresses, et quand nous décidons de partager un repas dans une « grande table », nous tirons à la courte paille celui qui va passer l'addition, forcément très salée, en note de frais. À ce petit jeu, je ne perds jamais, mais le MIPTC qui nous emploie ne rechigne pas à payer. Nos patrons veulent que nous nous sentions bien pour être le plus efficaces possible et ne manquent pas d'argent. Nous étudions aussi la meilleure façon de visiter les pyramides égyptiennes ou les grandes réserves d'animaux d'Afrique du Sud. Nous en profitons au maximum.

Mes cinq amis sont de vrais chic types, très ouverts, même si, vous l'avez compris, nous ne partageons pas forcément la même approche du métier. C'est avec Richard Ings, l'Australien, que je m'entends peut-être le mieux. Il m'a beaucoup aidé à faire progresser mon anglais et comme il essaye de se mettre au français, je l'accueille régulièrement chez moi sur la Côte d'Azur pour lui faire travailler ses cahiers de vacances.

Combinazione à l'italienne

Plus les mois passent et plus il m'est difficile d'assumer mes deux vies parallèles. Même si l'absence de ma compagne et plus tard de mes filles me pèse énormément, ma vie de bourlingues, où je n'ai à gérer aucun problème d'intendance et où mon statut d'arbitre reconnu alimente et flatte mon ego, m'apparaît de plus en plus confortable. À peine arrivé sur la Côte d'Azur pour quelques jours de congé, je me projette déjà sur les tournois que je vais bientôt disputer, et pense aux amis que je vais retrouver.

Car si cet immense *world tennis circus* qui bondit de continent en continent renvoie vers l'extérieur un fonctionnement apparemment déshumanisé, la réalité de sa vie au quotidien est tout autre. Pour moi qui aspire à une existence pimentée, ma dose d'adrénaline m'est fournie par l'arbitrage, et au rythme où j'enchaîne les rencontres, je ne risque pas de me retrouver en manque. En revanche, le ronron et les rituels attachés au fonctionnement des tournois m'offrent un cadre des plus rassurants. C'est, après coup, une situation très perverse qui modifie le rapport à la « vraie vie ».

Il faut aussi dire que sur le circuit, chacun y met un peu du sien pour agrémenter le quotidien et que les personnalités que l'on croise jour après jour sont aussi diverses que les pays que l'on traverse. Un régal pour un sociologue du sport ! Chez les joueurs, il y a les stars internationales que l'on s'arrache et qui sont chouchoutées, parfois au-delà du raisonnable. Il y a ensuite les joueurs qui évoluent approximativement au-delà de la vingtième place du classement et en deçà de la cinquantième ; pour eux, pas d'attention particulière mais ils gagnent bien leur vie. Reste le plus gros du contingent, ceux qui multiplient les tournois avec un seul objectif en tête, gagner assez pour financer leurs futurs déplacements, éventuellement payer un entraîneur et vivre leur passion en espérant atteindre un jour un seuil de reconnaissance et de rentabilité acceptable. À cet aréopage bien défini, il faut ajouter un contingent de « suiveurs » bien plus important en nombre et que j'ai vu augmenter régulièrement au fil de ma carrière.

Il y a les familles, plus ou moins nombreuses, les amis, les entraîneurs, les préparateurs physiques, les médecins, les kinés, les agents qui représentent les intérêts des joueurs, les journalistes, le staff du circuit pro, les organisateurs locaux… et nous, les arbitres qui roulons carrosse malgré nos salaires juste confortables. Tout ce petit monde se croise, se perd de vue et se retrouve comme une famille artificielle et éclatée.

Éclatée car, de façon presque naturelle, on voit les gens se regrouper par origines. Globalement il y a les Anglo-Saxons et le reste du monde. En fait, ce sont surtout les Latins qui évoluent en bancs serrés. Qu'ils soient sud-américains ou européens du Sud, ils préfèrent la vie en groupe et passent plus de temps à chercher le bon restaurant de la ville qu'à camper dans leur chambre d'hôtel en comparant le plateau de leur room service. Ils sont plus festifs et moi, le fils de pied-noir qui a grandi à Nice, je préfère leur compagnie une fois le costume d'arbitre remisé au placard.

L'Italie est ma deuxième patrie. J'aime sa langue, sa culture, sa cuisine, sa mode, l'architecture de ses villes, et avant tout l'art de vivre à l'italienne qui est toujours parfaitement entretenu que l'on se trouve à Palerme, Milan, Florence, Bari ou à Rome bien sûr. Tout jeune footballeur, si j'étais forcément supporter de l'OGC Nice et de Monaco, je sortais aussi l'écharpe du supporter pour célébrer les succès de la Juve. C'est donc tout naturellement que je fais le forcing auprès de mes supérieurs pour arbitrer le plus souvent possible en Italie. Par chance, ils accèdent à ma requête et me voilà à y enchaîner les tournois, la plupart du temps sur terre battue, ma surface de prédilection.

En Italie, les joueurs sont chauds comme le public, pourtant, je m'y sens aussi bien qu'à la maison, et arbitrer un Paolo Canè sur le Central du Foro Italico de Rome me surexcite. Je force parfois mes annonces en italien et me prends au jeu de la *commedia dell'arte.*

Autour des courts, l'ambiance est toujours détendue et très souvent des arbitres locaux – qui ne nous en veulent pas plus que ça d'arbitrer les grands matches à leur place – m'invitent à dîner chez eux en famille. Parmi eux, il en est un qui me fascine : Luigi Brambilla, un vieux de la vieille, un ami de Jacques Dorfmann. En Italie, c'est un arbitre à l'ancienne qui est connu pour ne pas se laisser marcher sur les pieds, ni par les joueurs ni par les organisateurs. En

1985, il arbitre à Delray Beach, en Floride, le Lipton Championships. Le match oppose Ivan Lendl à Larry Stefanki. L'Italien donne un point de pénalité à Stefanki qui râle après un *ace* de Lendl. Problème, ce dernier – étonnamment je le concède – ne veut pas bénéficier de ce point. Brambilla insiste mais les deux joueurs restent sur leurs positions et font toujours corps. Le temps passe et d'un coup Luigi, très digne mais excédé, descend de sa chaise, empoche sa feuille d'arbitrage et quitte le court en lançant aux deux hommes : « Messieurs, puisque vous ne voulez pas m'écouter, alors continuez sans moi ! »

Mais l'homme peut aussi se montrer retors et beaucoup moins élégant dans certaines circonstances. Durant le magnifique tournoi de Rome qui se déroule en mai, Sergio Palmieri, le directeur du tournoi, donne aux arbitres un passe quotidien pour dîner à l'une des tables du restaurant VIP du tournoi. C'est un endroit très couru de la nuit romaine. Si couru que notre Luigi, usant peut-être de son rang de chef de l'arbitrage italien, rachète, à petit prix, les « accès » de ses collègues pour les revendre ensuite aux plus offrants. Le fait qu'il cède aussi le sien n'améliore pas le tableau. Il en va ainsi du tennis en Italie où les organisations souvent très professionnelles et bien huilées souffrent parfois de petits arrangements improbables en d'autres lieux. Et ce qui peut faire bondir le superviseur américain détaché sur place fait souvent sourire le monde du tennis, biberonné à ces petites *combinazioni.*

Lors d'une nocturne disputée à Rome en 1989, j'assiste ainsi à une scène surréaliste. Je suis dans les travées du stade et, sur un écran installé à l'angle d'un escalier, je vois John McEnroe en très mauvaise posture. Il rate tout ce qu'il entreprend et la terre battue commence à le rendre fou. Au-dehors le public fait trembler l'enceinte. On assiste à l'événement du jour quand nous voyons passer dans les couloirs Sergio Palmieri (l'agent du joueur américain) pas si inquiet que ça. Quelques minutes plus tard, alors que la situation de McEnroe ne s'est pas franchement améliorée, le Central se retrouve soudainement plongé dans le noir le plus absolu. Les grands projecteurs utilisés pour les nocturnes se sont éteints. Comme ils ne sont pas de toute première jeunesse et que de longues minutes leur sont nécessaires pour se relancer, la coupure dure près de vingt minutes. À la reprise du match, Mac retrouve ses esprits et se sort finalement du bourbier dans lequel il paraissait mortellement englué. Parfois, les dieux romains savent se manifester quand il le faut…

Une autre anecdote prouve, si besoin est, que l'Italie est bien une terre bénie où, si le pire n'est pas toujours au rendez-vous, on peut le frôler à tout moment ! Nous sommes en 1988, et Mats Wilander, qui vient tout juste de décrocher la place de n° 1 mondial, s'apprête à disputer l'Open de Sicile. Nous, joueurs et arbitres, prenons l'avion à destination de Palerme. Chacun récupère ses sacs et nous nous dirigeons vers le parking où les organisateurs ont prévu de mettre à notre disposition un minibus pour nous acheminer vers le stade. L'accueil est parfait. Deux jeunes femmes accortes arborant un survêtement *Internazionali di Sicilia* nous abordent et nous précisent que pour notre confort, nous pouvons laisser de côté nos bagages et les sacs à raquettes. Ils vont nous suivre un peu plus tard au stade. Un deuxième bus est prévu à cet effet. Gentille attention, pas besoin d'attendre plus.

Une demi-heure plus tard nous arrivons donc au stade où nous attend notre hôte, Cino Marchese, le directeur du tournoi. L'homme de cinquante ans, qui porte beau et ne se départit jamais d'un grand sourire charmeur, a de multiples casquettes en Italie. Au-delà du tennis sur lequel il règne, c'est un homme d'affaires puissant que je croiserai de longues années.

Or, lorsque nous lui apprenons que certains aimeraient récupérer rapidement leurs bagages, dont leurs raquettes, un léger trouble semble brièvement assombrir son visage d'ordinaire imperturbable. Renseignement pris auprès de ses assistants, personne n'a commandé de navette supplémentaire, ce qui explique la légère contrariété du maître des lieux.

Il paraît évident que quelques gros malins bien informés de notre arrivée ont profité de l'organisation du tournoi pour monter un détournement de nos bagages joliment ficelé. Grosse panique. Ça crie, ça hurle ! Les joueurs, comme leur entourage, sont furieux. Personnellement, je ne me sens pas au mieux. Au-delà de toutes mes affaires, je m'aperçois que j'ai aussi laissé papiers, cartes de crédit et argent dans un sac.

C'est alors que Cino Marchese, toute assurance retrouvée, nous demande de garder notre calme et nous précise qu'il va s'occuper personnellement de ce « malencontreux contretemps ». Une demi-heure se passe pendant laquelle, bien sûr, toutes les conversations tournent autour de la Sicile, de ses « traditions » et de son sens unique de l'hospitalité. Puis réapparaît Marchese, plus rayonnant que jamais. « Mes amis, je tiens à vous rassurer. Je viens de passer quelques coups de téléphone et tout est réglé, vos bagages ne vont pas tarder. Bien sûr, des rafraîchissements vont vous être servis au bar du club pour vous remettre de vos émotions. » « Et bienvenue à Palerme », aurait-il pu ajouter. On ne connaîtra jamais l'identité des interlocuteurs de Cino, ni la nature des liens qu'il pouvait entretenir avec eux, mais le tournoi se déroula ensuite sans autres « contretemps ».

Vous l'avez peut-être compris, je suis un inconditionnel de l'Italie qui juge avec mansuétude les us et coutumes d'une époque quelque peu révolue. Les dieux y sont peut-être plus reconnaissants qu'ailleurs. En tout cas, en ce mois de mai 1989, ils se penchent aimablement sur ma chaise romaine. Je viens d'être informé que je vais arbitrer la finale. Et pas n'importe laquelle puisqu'elle va opposer dans le cadre majestueux du Foro Italico le cogneur argentin Alberto Mancini, qui réussit un incroyable début de saison sur terre battue, à un jeune Américain pas manchot non plus et dont le look commence à déchaîner les passions des plus jeunes, Andre Agassi, pas encore surnommé le Kid de Las Vegas.

Nous sommes samedi, les deux demi-finales ont rendu leur verdict et je les ai suivies attentivement, mais à distance. Plus que quelques heures à patienter. C'est le début de soirée et il fait bon à Rome. Yannick Noah, qui est resté en ville après son élimination, me propose d'aller prendre un verre ; je n'hésite pas trop longtemps. Je n'ai pas le droit mais je m'en contrefiche. Quoi de meilleur que de passer ces purs moments d'accomplissement avec Yannick, celui avec qui j'ai partagé mes jeunes années niçoises ? Il est au firmament du tennis depuis longtemps, et à ce moment précis, j'ai l'impression de le rejoindre là-haut, tout là-haut. Comme on se l'était promis, il y a des années.

Et nous voilà partis. Le problème avec Yannick Noah, c'est que l'imprévisible est son quotidien et qu'il a un talent unique pour sublimer les bons moments. Nous prenons donc un verre, nous retrouvons des amis, nous dînons, nous reprenons un verre, nous dansons un peu et… et le jour se lève sur le mont Palatin. Vu comme ça, la scène semble idyllique, mais je suis crevé, j'ai mal à la tête et je me rends compte que dans quelques heures, je dois arbitrer l'un des matches les plus attendus de la saison. Pire encore, je me souviens que je me suis engagé à disputer ce matin un tournoi de tennis VIP organisé sur les courts annexes du stade. Les arbitres et quelques membres du staff contre des journalistes. Impossible de me faire porter pâle. Je fonce à mon hôtel, il est 6 heures et je m'accorde deux heures de sommeil, prends une douche, réunis en toute hâte mon costume d'arbitre, un short, un polo et mes raquettes puis saute dans une navette pour rejoindre le Foro Italico. Mon partenaire de double m'attend, comme il attendra plus longtemps encore que je lui prête main-forte sur le court. Logiquement, nous prenons une rouste. La première bonne nouvelle de la matinée ! Éliminé, je n'ai pas à m'attarder plus longtemps. Je m'excuse de ma piètre production et me dirige vers les vestiaires lorsque je vois une poignée de personnes regarder Jimmy Connors s'entraîner sur un court voisin. Je ralentis le pas et comme eux je me prends au spectacle, jusqu'à ce que Connors m'ayant lui aussi repéré s'arrête de frapper la balle et me demande ce que je fais en short avec une raquette à la main. Avant que j'aie le temps de le lui expliquer, il me propose de venir échanger quelques balles avec lui. J'ai déjà « tapé » avec des amis, dont Guy Forget ou Arnaud Boetsch, mais là, c'est un n° 1 mondial. Un dinosaure du jeu. Une légende.

Les dix premières minutes sont horribles. J'essaye tellement de m'appliquer que soit je massacre le bas du filet, le fameux « baduf », soit « j'arrose » les courts adjacents. Et puis je me règle peu à peu et pendant les vingt minutes suivantes je prends un vrai pied. Il faut dire qu'en face, Jimmy fait ce qu'il faut pour me faire briller. C'est le prof parfait. Je me prends à lâcher quelques mines qui lui font autant d'effet qu'une piqûre de moustique à un buffle de la savane. Aussi lorsque Jimmy signe la fin de la récré, j'en redemanderais bien un peu plus. Sous une nouvelle douche salvatrice je me demande, un peu inquiet, si je n'en ai pas trop fait et si je ne vais pas être rattrapé par la fatigue accumulée. Cette finale me fait envie et c'est une forte excitation que je sens alors monter en moi au fur et à mesure que le temps s'écoule.

C'est l'heure, je pénètre sur le court et me nourris de l'ambiance qui monte, presque incandescente. Sur la chaise ce sentiment ne me quitte pas. Je suis très concentré et je contrôle le match qui se déroule d'ailleurs sans anicroche malgré la dureté des échanges. Ça frappe, ça cogne, Mancini et Agassi se rendent coup pour coup mais j'assure dans un italien presque théâtral toutes mes annonces. Le public qui en a pour son argent et ne manque pas de le faire savoir est aux anges. Finalement, Mancini s'impose en cinq sets.

Lorsque je me retrouve à souffler, au calme, le film des dernières vingt-quatre heures me revient en mémoire. Tout aurait pu déraper à n'importe quel moment et tout s'est déroulé comme dans un rêve. J'ai passé une formidable soirée avec mes amis, j'ai joué avec Jimmy Connors et j'ai réussi ma finale. Les dieux étaient cette fois avec moi.

Pas faciles, les Français

La vie sur le circuit se réduit à un microcosme où se succèdent joies, peines et fâcheries. Ce n'est pas mieux que la vraie vie, mais il suffit de revenir à la réalité pour tout effacer et presque repartir de zéro. Cette forme de *reset* offre un confort non négligeable mais modifie aussi les rapports que je peux entretenir avec des personnes que je croise à la fois chez moi et sur les tournois. C'est le cas de nombreux joueurs français. Il serait faux de soutenir que nos relations sont les mêmes que celles que j'ai avec des joueurs étrangers.

Non pas que je puisse me laisser aller à plus de bienveillance lorsqu'il s'agit de les arbitrer. Je le pense d'autant moins que j'ai toujours prêché auprès de mes supérieurs pour arbitrer les Français, comme je trouve par exemple gratifiant et bénéfique que Richard (Ings) arbitre ses compatriotes australiens. C'est ainsi, à mon sens, que nous, arbitres, assurons notre « respectabilité » et notre légitimité. On doit pouvoir être proches dans la vie et s'affronter si nécessaire sur le court. La difficulté reste de ne pas trouver toutes les mauvaises raisons pour déroger à ce précepte.

Dans ces années 1980, deux Français survolent les tennis français. Yannick Noah, bien sûr, et Henri Leconte. Nous nous connaissons parfaitement. Pourtant à plusieurs reprises nous allons vivre des frictions sur le court qui ont pu se prolonger au-delà des matches. Six mois après mes débuts pro, en 1988, un fameux duel franco-français entre Yannick Noah et Henri Leconte va me confirmer que ce type de rencontre déroge à l'ordinaire. Encore plus pour cette rencontre disputée à Monte-Carlo.

Ce match est beaucoup plus qu'un simple quart de finale pour Henri. Demi-finaliste à Roland-Garros en 1986, il est sans doute le meilleur joueur français du moment, mais l'image de Yannick, le grand frère, l'empêche de grandir. Il a beau multiplier les perfs, il ne peut éviter que la presse et le public ne les comparent en permanence, comparaison dont il sort malheureusement rarement vainqueur. D'autant que pour maintenir son leadership, Noah sait y faire. Il aime profondément Henri, mais encore plus si celui-ci sait rester à sa place. Derrière lui.

J'ai conscience du contexte et me prépare à un match tendu, même si les relations particulières que j'entretiens avec eux ne présagent rien de périlleux. Au fil des ans nous avons tissé un vrai rapport de respect. Comme prévu, Leconte attaque le match le couteau entre les dents. Il se montre le plus tranchant, le plus précis et parvient à rester dans sa bulle de concentration. Il essaye de ne pas trop regarder Noah qui veut « jouer » avec le public. Ça va vite, 6-2 pour Leconte dans le premier set. Les spectateurs qui sont bouillants et partagés aimeraient quand même plus de bagarre. Dans la deuxième manche, Noah parvient à faire parler sa puissance et Leconte se tend un petit peu. Le jeu s'équilibre, la température monte. Sur ma chaise, je n'ai pas à intervenir au-delà de la normale, mais je suis en hypervigilance et ne quitte pas les deux compères des yeux. C'est chaud, mais c'est bon et c'est pour arbitrer ce genre de combat de boxe que j'ai signé. 6-6, au deuxième set. Tie-break. Leconte prend un bel avantage et mène six points à trois, trois balles de match pour lui. L'affaire paraît bouclée d'autant qu'à 3-6, Yannick sert une première balle que Leconte retourne, semble-t-il, sur la ligne. Mais il ne lève pas les bras en signe de victoire et pour cause : le juge de ligne annonce le retour faute. Je lui demande quand même d'aller vérifier la marque et comme il ne trouve rien je descends à mon tour et constate qu'aucune trace n'est probante. Dans le doute, je demande à Noah de servir sa deuxième balle. Il gagne le point 4-6. Puis le suivant, 5-6.

C'est à ce moment qu'excédé autant que frustré, Leconte me regarde et me traite de « con ». Impossible de laisser passer ça. Tout le monde a entendu l'insulte. Comble de malchance, j'avais au préalable déjà donné un avertissement à Henri. Je suis obligé par le règlement de lui donner alors un point de pénalité qui ferait revenir Noah à égalité six points partout. Dans les travées, chacun a choisi son camp et ça crie et ça siffle à tout-va. Noah vient alors vers moi et m'indique qu'il ne veut pas du point de pénalité ! Gros embarras et sale moment de flottement. Au vu des circonstances, je suis contraint de ne pas le donner. Malheureusement pour Leconte, cela ne change rien à l'histoire qui a définitivement basculé en faveur de Noah qui gagne le set au *tie-break* puis qui s'impose 2-6,7-6, 6-3. Furieux, Leconte quitte le court sans me serrer la main, puis me bat froid dans les vestiaires. La brouille va s'éterniser. Chaque fois que je le croise en tournoi, il refuse de m'adresser la parole.

Six mois se sont écoulés quand je me retrouve aux toilettes de l'aéroport de Genève. Coïncidence extraordinaire, me voilà aux urinoirs à côté d'Henri Leconte. Il tourne la tête, et comme si j'avais décidé de notre fâcherie, me dit : « Bon… on arrête ? On ne va pas continuer indéfiniment à se faire la gueule ! » Si nous ne nous serrons pas la main – et pour cause –, nous enterrons définitivement la hache de guerre. Du pur Riton, comme on l'aime.

En 1989, une autre scène que j'ai vécue avec Yannick Noah, cette fois, me confirmera que nous entretenons des relations assez singulières. Dehors c'est l'automne, et à l'intérieur du palais omnisports de Paris-Bercy, la plus grande salle parisienne de l'époque, c'est l'ambiance des grands tournois indoor qui prévaut. Les journées sont interminables et la lumière artificielle omniprésente a tendance à saper l'allant des plus enthousiastes. Personnellement, je déteste cette semaine, même si elle m'offre la possibilité d'arbitrer en France de gros matches. Je suis désigné pour le quart de finale qui va opposer Yannick Noah à Brad Gilbert, un solide Américain qui, quelques années plus tard, se rendra célèbre pour son livre *Gagner à tout prix. La guerre psychologique au tennis*, tout un programme.

C'est le match de gala et il est prévu à 20 heures pour s'assurer d'une salle chauffée à blanc et d'une couverture médiatique maximale. Je suis ravi d'avoir été choisi et Yannick que je croise dans l'après-midi me semble également très content. On convoque deux trois souvenirs de nos années niçoises et il me demande même si je veux disputer un match de foot la semaine suivante. J'en oublierais presque que je suis à Bercy et qu'en cette fin de semaine je commence à accumuler les matches et les heures passées dans le bunker.

Ce vendredi, les matches s'éternisent. Sur le Central, Forget offre une résistance héroïque à Becker. Il bataille trois heures et vingt-sept minutes pour ne céder qu'au *tie-break* du troisième set. Pourtant, Patrice Clerc, le directeur de tournoi, en accord avec Gilbert Ysern, le juge-arbitre, ne juge pas opportun de déplacer le match suivant sur le court annexe. Ils décident de maintenir un double disputé par McEnroe et Woodforde contre Scott Davis et Witsken. Au fil des heures, tout le monde prend conscience qu'un piège est en train de se refermer sur le bon déroulement des parties. Le double s'éternise lui aussi et la grosse horloge installée au-dessus du Central égrène la catastrophe. 20 heures... 21 heures... 22 heures... 23 heures et ça joue toujours.

Dans les vestiaires tout le monde est à cran et mesure l'étendue des retards, mais toute intervention est impossible. Une fois lancée, on ne peut arrêter une partie pour la remplacer par un autre match. Dans les gradins, le public lui aussi réagit. Alors qu'une partie des spectateurs s'amuse de la situation et va même jusqu'à encourager les joueurs sur le court, une autre gronde et commence à quitter les lieux. Elle sait qu'elle ne pourra assister au match Noah-Gilbert jusqu'à son terme, le métro sera fermé.

Personnellement, je remarque que cette attente affecte ma concentration. Je me sens fatigué, ce qui pourrait s'avérer catastrophique lorsque je vais devoir monter sur la chaise. Je décide donc pour la première fois de ma carrière d'aller voir un kiné de l'organisation pour lui demander du Guronsan, un antiasthénique fréquemment utilisé pour lutter contre une fatigue passagère qui contient de la vitamine C et de la caféine. On est loin des amphétamines. Peut-être que je double la dose et que je multiplie les prises de café, toujours est-il qu'à 23 h 45, quand nous pouvons enfin pénétrer sur le court après un nouveau match disputé en trois sets, je me sens dans un état légèrement altéré.

Je suis à fleur de peau. Pas excité, ni énervé, mais tendu. Je décide d'aller vite pour que la partie commence le plus rapidement possible. J'invite les deux joueurs à me rejoindre pour le *toss*, me tourne vers Yannick, que j'avais quitté dans les meilleurs termes quelques heures plus tôt, et lui demande s'il choisit pile ou face. Sachant qu'il est minuit pile, je me souviens encore, près de trente-cinq ans plus tard, de son expression… Comme il sait si bien le faire dans ces circonstances, Yannick se place devant moi, me toise du haut de son mètre quatre-vingt-treize, et, de son air le plus méprisant, me dit que je le « fais chier » avec mon tirage au sort et m'envoie balader avec une dureté qui me fait vraiment très mal. Il est déjà dans son match, il est méconnaissable. Je pourrais être un inconnu face à lui qu'il ne se comporterait pas différemment. Au plus profond de moi, je suis vexé et meurtri.

S'ensuit un match étrange, serré, âpre. Le public plus clairsemé que prévu la joue ambiance de kermesse. Sous l'effet de ma prise inhabituelle de stimulants, je fais des annonces très sèches. Je parle plus fort qu'à l'ordinaire. Mon débit vocal est plus saccadé aussi, je me montre presque cassant. Je ne me reconnais pas mais je ne peux modifier mon comportement. Bref, ce match, qui va se conclure par une victoire de Gilbert 7-6, 7-6 et se terminer à 1 h 40 du matin, reste sinon un mauvais moment, en tout cas un souvenir très éclairant sur les rapports que je pourrais ensuite entretenir avec les joueurs français et en premier lieu avec Yannick.

Ce jour de novembre 1989, j'ai définitivement compris que sur un court, lorsque l'enjeu devient capital, Noah et Mr Hyde, c'est du kif-kif. Du type naturellement ouvert et cool qu'il est dans la vie, il mute, tisse une toile autour de lui qui le rend dur, parfois méchant, mais totalement focalisé sur un seul objectif : gagner. Par n'importe quel moyen. Si je le savais depuis longtemps, j'ai payé ce jour-là pour comprendre ce qui fait, au plus profond, la structure mentale des champions, que l'on doit arbitrer sur un court avec réflexion, compréhension mais aussi armé de la plus grande fermeté.

3.

Le « patron » s'appelle Bruno

Seul contre tous

Le temps des questionnements est désormais révolu. Je sais ce que je veux faire, arbitrer les plus grands tournois en professionnel, et comment le faire. Il paraît maintenant évident que ma hiérarchie a accepté ma différence. Même si j'ai régulièrement droit à quelques petits recadrages sur la proximité que j'entretiens toujours avec les joueurs et ma propension à faire un peu de spectacle, la façon dont j'arrive à diriger mes matches leur convient.

Je sais que je ne suis pas exempt de reproches, comme je suis convaincu que l'on ne réussit jamais le match parfait. Je persiste à penser que la chaise d'arbitre et sa position surplombante sont un piège dont il faut souvent s'affranchir. Se rapprocher des acteurs du jeu, telle est la voie à poursuivre.

En janvier 1989, je suis désigné pour arbitrer en Australie ma première finale de Grand Chelem et je vais enchaîner cinq mois plus tard à Roland-Garros où je succéderai à Jacques Dorfmann. À vingt-huit ans, je décroche mon César. Je suis lancé, rien ne semble pouvoir m'arrêter. La presse, bonne fille, me colle l'appellation non contrôlée de « meilleur arbitre du monde ». En me flattant, elle sait que je me montre coopératif et que je ne rechigne pas trop à parler, ce qui est rare dans le milieu feutré de l'arbitrage où souvent le *off* prévaut. Je ne suis pas naïf. Je sais jusqu'où ne pas aller trop loin, mais je joue volontiers la carte de la médiatisation.

Je sais aussi que certains arbitres s'en offusquent, peut-être un peu par jalousie aussi, mais cela m'importe peu. Ce que j'aime et ce qui commence à poindre en moi est un réel besoin de transmettre. J'aime passer le relais malgré mon jeune âge. Confronté à des pratiques rigides, je suis de plus en plus persuadé des bienfaits de la communication et de la proximité. C'est ce que j'essaye de partager avec les débutants que je côtoie sur les tournois et qui viennent me poser des questions. Car il en va de l'arbitrage comme de la fermeture éclair. C'est toujours en s'ouvrant que l'on comprend le mystère de son fonctionnement. Et tant pis pour les rabat-joie qui ne voient dans son exercice qu'une opportunité d'assouvir leur soif d'autoritarisme.

C'est dans cet état d'esprit qu'encore vibrant d'avoir arbitré ma première finale à Roland-Garros, je débarque mi-juin à Wimbledon avec mes cinq compères. C'est la troisième levée du Grand Chelem et rien ne semble devoir changer sous le ciel pommelé de Londres jusqu'à ce que nos supérieurs au Conseil, Ken Farrar et Stefan Fransson, nous convoquent pour nous apprendre sans préambule que notre cellule d'arbitrage va bientôt être dissoute. Une météorite semblable à une gigantesque balle de tennis en fusion nous tombe sur la tête !

À compter du 1er janvier 1990, les arbitres vont être soit rattachés à l'ATP qui gérera l'ensemble du circuit pro, soit à la Fédération internationale (FIT) qui, elle, sera chargée des tournois du Grand Chelem, de la Coupe Davis, de la Fed Cup, son équivalent chez les femmes, ainsi que des Jeux olympiques. En outre, la FIT s'occupera des tournois satellites et de la formation des arbitres sur tous les continents. Farrar nous informe pour compléter le tableau que nous n'avons que quelques semaines à compter de Wimbledon pour choisir l'organisme auquel nous voulons être rattachés.

La nouvelle est de taille. Pourtant, sans que cela me demande beaucoup de réflexion, je sais déjà que je vais choisir la voie fédérale qui conduit à travailler avec les Grands Chelems mais aussi la Coupe Davis. C'est là que la tradition se transmet, c'est là que je veux être. Mais une autre idée me vient rapidement à l'esprit. Et si nous, les six arbitres pro, les meilleurs du monde, plutôt que de rejoindre soit l'ATP soit la FIT, nous créions notre propre cellule indépendante ?

Dans les heures qui suivent, je réunis mes cinq acolytes et leur tiens à peu près ce discours : « Je n'ai encore pas réfléchi à la forme juridique que cela peut prendre, mais je vois une chance historique pour nous d'exercer notre métier d'arbitre, non seulement de façon indépendante, mais en y gagnant aussi financièrement. Il faut juste créer notre propre corps d'arbitres qui travaillera au coup par coup avec l'ATP, la FIT, voire avec la WTA. Le temps joue pour nous. Nous sommes les meilleurs arbitres, les seuls professionnels expérimentés. Si nous refusons de choisir entre l'un et l'autre, ils n'ont pas le temps de se retourner. Ils sont coincés. Ils ont trop besoin de nous. » Cela me semble imparable et allant dans le sens de l'histoire car j'ai toujours pensé, et pense encore, que les arbitres doivent être indépendants des instances, comme la justice peut l'être de l'exécutif. Plus le temps passe, plus j'imagine la forme que pourrait prendre cette cellule d'arbitres pro indépendante, mais mes cinq alter ego me disent qu'ils ne sont pas emballés par l'idée.

Par confort, plus que par prudence, ils m'informent également qu'ils rejoindront tous l'ATP. La perspective de rester ensemble, groupés, disparaissant, il ne me reste qu'à rejoindre la Fédération internationale. Pas un instant je n'envisage de signer avec l'ATP. C'est la FIT qui gère le « vrai tennis », celui qui se joue dans les tournois historiques – l'Australie, Roland-Garros, Wimbledon, l'US Open et la Coupe Davis. La seule compétition qui permet aux joueurs professionnels de vivre l'expérience des matches disputés par équipes sous les couleurs nationales. C'est là aussi que Philippe Chatrier, le meilleur dirigeant sportif que j'aie jamais côtoyé, exerce. Et lorsque j'apprends que mes deux boss, Farrar et Fransson, dont j'admire le professionnalisme et l'éthique, ont également décidé de rejoindre l'univers fédéral, je suis définitivement convaincu du bien-fondé de mon choix. Une nouvelle aventure se dessine à l'horizon 90.

Reste à vivre cette étrange période de transition qui va durer six mois. Nos divergences de vues n'ont pas altéré nos relations amicales. Nos chefs sont partis, et une structure légère a été mise en place pour régler les affaires courantes. Dans les faits, nous n'avons plus de supérieurs, mais seulement une secrétaire pour réserver nos avions et nos hôtels. De plus nous apprenons par la bande que le solde du budget de fonctionnement qui nous a été alloué pour l'année sera ventilé à 50/50 entre l'ATP et la FIT au terme de l'exercice 1989. Il n'en faut pas plus pour que nous décidions, cette fois à l'unanimité, de profiter de l'occasion.

Pendant six mois, nous convenons, chaque fois que nous nous retrouvons à deux au moins sur un gros tournoi, de nous offrir le meilleur restaurant de la ville et de descendre dans les « bons » hôtels. À l'occasion du tournoi de Bercy, nous nous retrouvons ainsi à La Grande Cascade, belle table du bois de Boulogne, et nous comptons jusqu'à trois les étoiles chez Guy Savoy. Pendant cette période assez dorée, je ne suis pas le plus dépensier, loin de là. Avec le recul, je m'en voudrais presque. Certains en profitent pour refaire leur garde-robe et Rudy Berger, par exemple, se découvre une passion pour les vestes et les chaussures.

De mon côté, avec Stefan Fransson, nous avons fait nos calculs : si aux douze semaines de Grand Chelem, on ajoute huit semaines de Coupe Davis, la supervision de tous les tournois satellites de la FIT, il reste suffisamment de temps pour mettre en place une vraie formation pour les arbitres, et continuer à arbitrer au coup par coup mes tournois préférés du Tour ATP, Monte-Carlo, Bercy, Lyon, Marseille, Bâle… En effet, j'apprends que bien que rattaché à la FIT, je vais pouvoir continuer à travailler sur certains tournois en tant qu'indépendant directement rémunéré par les tournois.

L'or des Jeux

Lorsque fin 1989, je me retrouve seul à rejoindre la Fédération internationale plutôt que l'ATP, je sais d'avance que j'ai fait le bon choix. Et puis, dans l'escarcelle, on m'offrait en prime les Jeux olympiques. De toutes parts, j'entendais le discours officiel se féliciter de voir le tennis rejoindre après une trop longue absence sa place originelle dans le giron olympique. C'était beau, vibrant, universel. Très vite, j'allais moi-même, de façon tout aussi professionnelle, défendre le retour du tennis aux JO. Mais qui me connaissait bien savait que si je me frottais les mains à l'idée de « faire » les Jeux de Barcelone en 1992, c'était avant tout pour voir du sport et pas pour arbitrer du tennis.

Aujourd'hui encore, je ne place pas le tennis au sommet de la hiérarchie des disciplines olympiques, pas plus que le football ou le golf. Et si les joueurs ont bien compris depuis 1988 à Séoul qu'une médaille pèse d'un vrai poids auprès de l'opinion publique et des sponsors, elle n'a toujours pas la même place dans la vitrine à trophées qu'une coupe offerte à un vainqueur de Wimbledon. C'est sans doute de moins en moins vrai aujourd'hui, mais à l'aune des années 1990, cela apparaissait évident.

C'est donc avec des étoiles plein les yeux que je débarque à Barcelone avec ma délégation d'arbitres et de juges de ligne français. La Fédération internationale y a délégué une armée de collègues venus des quatre coins du monde pour officier sur les courts. Arrive la perception des paquetages et nous sommes des milliers d'arbitres, tous sports confondus, à faire la queue pour obtenir nos tenues. Je ressens déjà une excitation palpable, j'ai le sentiment diffus mais puissant de participer à un événement hors normes.

Encore faut-il que je me donne les moyens de mes ambitions, à savoir ne pas louper une miette de ce qu'il est possible de voir. Comme je suis bien introduit à la FIT, je vais voir Debbie Jevans avec qui je m'entendais bien et qui, à l'époque, était responsable de l'antidopage FIT. Elle me dit qu'elle peut me donner une des deux accréditations non nominatives qui lui servent à « dépanner » les présidents de fédérations qui arrivent au dernier moment. Ce « rover » – véritable badge en or réservé aux personnalités de marque – est une clé magique qui donne accès à tous les sites et à toutes les compétitions. Seul bémol, Debbie me fait comprendre que je ne dois en parler à personne et que je devrai le lui rendre le soir même. Escroc mais pas malveillant, je l'appellerai donc tous les soirs, et tous les soirs jusqu'à la cérémonie de clôture je m'entendrai dire : « Tu as de la chance, garde-le encore demain. »

C'est dans ces conditions inespérées que je vais me multiplier pendant presque deux semaines sur tous les sites de Barcelone. Avec Pascal Maria, nous « filoutons » jusqu'aux vestiaires et vivons un moment d'histoire quand déboule sous nos yeux la *Dream Team US* avec Michael Jordan, Magic Johnson, Larry Bird, Charles Barcley, ou Pat Ewing. À l'athlétisme, c'est le premier sacre de Marie-José Perec sur le 400 mètres. Au handball, les Bronzés, qui deviendront quatre ans plus tard les Barjots, crèvent l'écran. Ça bouge de partout et je passe mon temps à cocher et à jongler avec les programmes car il faut quand même que j'assure mes obligations d'encadrement et d'organisation au tennis.

Moi, le fou de sport, j'ai le sentiment de vivre un moment unique et ma bonne étoile me permettra de prolonger l'expérience à Atlanta en 1996, où c'est cette fois Guy Drut, rencontré sur le plateau télé de « Stade 2 », qui me fournira un sésame CIO. Finalement, les Jeux de Sydney, en 2000 – les plus réussis à mon sens et où j'arbitrerai la finale Kafelnikov-Haas –, seront comme un feu d'artifice tiré symboliquement pour célébrer mes adieux à la carrière.

C'est dans ces conditions très galvanisantes que j'aborde à Barcelone ma première finale olympique entre Jordi Arrese, l'enfant du pays, et Marc Rosset. Ce ne sont pas les stars attendues qui vont se disputer la médaille d'or et ils savent tous les deux que c'est LE match de leur carrière. Il fait très, très chaud ce jour-là et avant même d'atteindre la demi-heure de jeu, j'ai bu toutes les petites bouteilles d'eau de 25 centilitres mises à ma disposition. Erreur de débutant ! Le premier set n'est pas terminé que l'idée de passer par la case toilette commence à me tarauder l'esprit. Le règlement ne me l'interdit pas, mais je ne veux pas céder.

Malgré les encouragements de tout le public, la puissance de Rosset, plus grand et plus explosif, lui permet de vite distancer le Catalan. Arrese, marathonien de la terre battue, n'arrive pas à faire durer les échanges. Deux sets à rien pour le Suisse. Sur le court, tout se passe bien et je me permets un petit plaisir pour briller et me mettre le public dans la poche. Une balle sort du court et Juan Antonio Samaranch, le président du CIO qui est installé au premier rang des gradins, parvient à l'attraper mais ne la renvoie pas tout de suite. Prenant ma plus belle voix de ténor, je m'adresse directement à l'homme fort de ces Jeux : « *Please, Juan Antonio, give the ball back to the players.* » Comme si le gredin allait la garder… Le public marche et m'applaudit et seule, à ce moment précis, mon énorme envie de passer aux toilettes m'empêche de boire du petit-lait.

Sur le court, le match s'est équilibré. Arrese, en bon limeur espagnol, a trouvé la faille. Les échanges sont plus longs, Rosset enchaîne les fautes et commence à perdre le fil de la rencontre. Il s'énerve, jure, jette sa raquette. Je lui donne un avertissement, puis il a droit à un point de pénalité. En fait, rattrapé au score, il perd, point après point, tous ses repères. Il ne joue plus et va droit dans le mur. Son attitude me semble suicidaire. Je me demande s'il n'attend pas que je le sanctionne à nouveau pour se dédouaner d'une défaite qu'il pressent comme inéluctable.

Je trouve ça inadmissible. Je ne suis pas là pour arbitrer avec mon seul code de conduite. Plus que jamais, je pense que mon rôle est de faire tout ce qui est en mon pouvoir pour que la partie aille à son terme dans les meilleures conditions possibles. Pour le respect du public et celui du jeu. Encore plus à l'occasion de ces JO, où j'ai été touché de voir des sportifs anonymes se transcender au-delà du raisonnable, juste pour n'avoir rien à se reprocher. L'attitude de Marc Rosset, que je connais bien, ne me plaît pas du tout.

Aussi, lors d'un changement de côté, je coupe le micro d'ambiance placé sur mon pupitre et m'adresse fermement à lui. Je fais bien attention de ne pas élever le ton, mais m'applique à le convaincre de ma détermination. « Marc, tu fais n'importe quoi. Je t'ai déjà sanctionné deux fois, sois certain que je n'hésiterai pas à aller encore plus loin. Ta conduite est inadmissible et si tu continues tu vas perdre ce match sans te battre. » Mon monologue va presque durer le temps de la pause. À la reprise du jeu, je suis content d'avoir fait mon job. Communiquer pour que l'affrontement reprenne mais dans les limites du règlement. À lui de faire ce qu'il veut… Ce recadrage, je sais que je l'aurais fait pour n'importe quel autre joueur. Il entre parfaitement dans l'idée que je me fais de ma charge d'arbitre.

Et le jeu reprend. Rosset semble avoir retrouvé le contrôle de lui-même. Il commet des fautes, se trompe dans ses choix tactiques, mais il rejoue au tennis et le cinquième set devient indécis. Sans doute a-t-il décidé de jouer sa médaille d'or sur le court et de ne pas me laisser, moi, le priver d'une possible victoire.

Le match approche des cinq heures de jeu, puis les dépasse. Nous sommes entrés dans la zone où toute rencontre sportive doit trouver son dénouement. La victoire va se jouer, au-delà de la fatigue, sur une erreur ou une prise de risque gagnante et à ce petit jeu, c'est Rosset qui se montre le plus costaud ou le plus opportuniste et qui s'impose 8 jeux à 6 après cinq heures et huit minutes de jeu.

Autant dire que mes félicitations aux deux joueurs sont des plus expéditives, je n'ai qu'une idée en tête : rallier les toilettes le plus rapidement possible ! Je suis dans un tel état de soulagement que je ne remarque même pas que Marc Rosset reçoit sa médaille dans une tenue certes sportive mais peu protocolaire. Et pour cause, quelqu'un avait profité du match pour lui piquer toutes ses affaires dans les vestiaires, ne lui laissant comme seul change possible qu'un vieux polo et un short sale. Mais lui non plus ne semble pas vraiment affecté. Pas plus qu'il ne le sera quand plus tard, je lui dirai qu'il me doit au moins la moitié de sa médaille d'or olympique. Plus de trente ans se sont écoulés depuis, mais à chacune de nos rencontres, ce match revient toujours, à un moment ou à un autre, dans la discussion.

Une ombre, une seule, plane encore aujourd'hui sur ces Jeux de Barcelone. Les rapports que je vais entretenir avec Philippe Chatrier que je verrai souffrir des premiers symptômes de la maladie d'Alzheimer qui l'emportera huit ans plus tard. Philippe Chatrier, qui venait de quitter en 1991 la présidence de la Fédération internationale et qui était pressenti pour prendre les rênes du CIO, m'aimait bien. Il était fier qu'un Français soit le seul arbitre professionnel de la FIT et grâce à mon accréditation qui l'étonnait, mais dont je lui taisais la provenance, il m'emmenait souvent dans sa voiture pour sillonner, façon chef d'État, les sites olympiques. Ce qui, vous pouvez vous en douter, me plaisait énormément.

À cette époque, il est pour moi le plus grand dirigeant sportif en activité. Sa connaissance du sport et de ses rouages internationaux m'impressionne au plus haut point et je suis flatté qu'il daigne échanger avec moi sur telle ou telle compétition. Malheureusement, je suis également témoin de ses premières absences. Alors que nous sommes en voiture pour aller voir de la natation et que nous devisons, il s'interrompt subitement pour demander qui je suis à l'assistante qui nous accompagne. Une autre fois, il se plaindra de devoir quitter Barcelone et de prendre l'avion alors que nous nous dirigeons vers le stade olympique. Trente ans après, le seul souvenir de ces scènes vécues dans l'intimité me plonge encore dans l'émotion et la tristesse.

Capitaine des bleus

Au moment du partage des rôles entre l'ATP et la fédé internationale, cette dernière a été chargée de former une cohorte d'arbitres capables d'intervenir sur tous les tournois quels que soient leurs statuts. Or, sans avoir eu à le demander, me voilà désigné avec Fransson pour mettre en place ces formations sur le plan international.

Alors que je me vois encore traîner des pieds pour approfondir mes connaissances des règles et rechigner à l'idée de passer mes différents examens d'arbitrage, me voilà dans la peau du prof. Mieux, dans celle du gars qui met au point les programmes d'enseignement. Et ça me plaît énormément. Je vais enfin pouvoir mettre en application et transmettre cet arbitrage fondé sur l'instinct et la communication que j'aime et que je considère comme étant le plus efficace qui soit.

Pour ce faire, la FIT met en place des échelons de compétence reconnus à l'international. Il y a les badges blancs, les badges bronze, argent et or. Pour les décrocher et monter dans la hiérarchie arbitrale, nous organisons des sessions de formation et d'agréments aux quatre coins du monde. Dès les premiers mois, entre mes désignations en tournoi et sur la Coupe Davis, j'en assure plusieurs en Asie, dont un au Koweït, dont je me souviens particulièrement. Nous sommes peu de temps après la première guerre du Golfe et le pays que je découvre à mon arrivée est toujours marqué des stigmates des combats. Malgré cet environnement assez troublant, les aspirants arbitres qui viennent de toute la région arabo-persique montrent un bel enthousiasme et une volonté d'engagement qui l'est tout autant. Enfin presque tous, puisque à la fin de la session et alors que nous dépouillons les résultats de l'examen, deux aspirants arbitres sont recalés. Et de très loin. Or, ils sont koweïtiens. Arrive mon contact sur place à qui j'apprends la nouvelle et qui se fige immédiatement : « Non, on ne peut pas. C'est impossible. » Je comprends sa gêne, mais je suis persuadé de l'utilité de ces formations internationales et je lui confirme qu'aucun passe-droit n'est à envisager. Je comprends alors que je suis à deux doigts de déclencher un incident diplomatique avec le frère du cheik responsable du programme. Un léger frisson d'inquiétude me parcourt même le bas du dos. Nous sommes dans l'impasse. Finalement, l'homme s'éclipse. Un long moment s'est écoulé lorsque l'on m'informe que le fameux responsable national du tennis koweïtien vient d'arriver. Il est accompagné d'une délégation impressionnante.

Face à cet homme majestueux tout de blanc vêtu, j'adopte immédiatement une attitude digne du Quai d'Orsay. Je prends le temps de le remercier pour son accueil, la qualité des infrastructures mises à notre disposition, mais lui confirme que les deux seuls candidats éliminés lors de cette session de formation sont ses compatriotes. J'enchaîne en regrettant la situation mais en lui faisant clairement savoir que je ne peux, en aucune façon, leur accorder le badge blanc. Mon interlocuteur se montre alors plutôt compréhensif. Tout du moins en apparence. Il se lève, me sourit comme pour signifier la fin de notre entretien et ajoute : « Je comprends très bien votre position et croyez-moi, j'en fais mon affaire. Sachez que je vais personnellement m'occuper de ce dossier. » En quittant le Koweït, quelques heures plus tard, je ne peux m'imaginer, moi l'ancien cancre, le sort qui attend mes deux recalés de l'arbitrage. Alors que l'avion prend peu à peu de l'altitude, une pensée, plutôt teintée d'inquiétude, va s'instiller désagréablement en moi. En tout cas, je ne les recroiserai jamais sur un tournoi.

Mon univers ne se circonscrit plus exclusivement à ma chaise d'arbitre. Je reste très présent sur le terrain, bien sûr, mais j'organise, planifie et parfois oriente les politiques pensées par les instances internationales. J'occupe une position assez stratégique à la FIT qui me permet d'aider la jeune génération d'arbitres français que je vois poindre à l'horizon. Ils sont bons, motivés et j'ai envie de les épauler comme le staff de Roland-Garros m'avait soutenu à l'époque pour franchir tous les échelons de l'arbitrage.

Il faut savoir que chaque tournoi du Grand Chelem désigne alors ses propres arbitres, mais qu'une politique d'échanges les oblige également à accueillir des arbitres étrangers et de jeunes juges de ligne. La Fédération française voit d'un assez bon œil ce type de formation in situ. Ainsi Gilbert Ysern me demande de m'investir en interne pour faire du corps d'arbitres français le meilleur de monde. J'accepte d'autant plus facilement cette « mission occulte » que j'aime beaucoup cette nouvelle génération qui pointe son nez. Et me voilà parti à faire de l'entrisme à Melbourne, à Wimbledon et à New York où je réussis à imposer les François Pareau, Cédric Mourier, Pascal Maria, Remy Azemar, Stéphane Crétois et Sandra de Jenken. J'ai l'impression d'être à la tête d'une petite équipe de France qui se déplace à l'étranger. Me voilà ni plus ni moins GO du Club France. Le jour, je les observe du coin de l'œil au stade, et le soir, à Manhattan, à Covent Garden ou sur Collins à Melbourne, nous débriefons la journée au restaurant. J'apprécie d'autant plus cette situation qu'à ma grande surprise ils acceptent de bonne grâce toutes mes remontrances et suivent la plupart de mes conseils. Certains m'appellent Boss, je suis heureux.

Je multiplie mes interventions auprès d'eux et fais jouer mes relations pour leur trouver des désignations à Lyon, à Monte-Carlo ou à Nice. Je m'implique aussi personnellement. Pour Cédric Mourier, je n'hésite pas à appeler sa famille qui est réticente à le laisser se tourner vers l'arbitrage. Je finis par emporter le morceau et aujourd'hui, Cédric est l'un des meilleurs superviseurs sur le circuit.

Pour Remy Azemar c'est encore plus particulier. Remy a le feu sacré, il veut devenir arbitre. Il connaît parfaitement le boulot mais ça ne marche pas très bien. Il est très réfléchi, très posé, très structuré. Et c'est ce que je lui dis un jour à Wimbledon : « Remy, toi ton truc, c'est de devenir juge-arbitre. Travaille là-dessus. » Sur le coup, il ne comprend pas ce que je veux dire, mais il m'écoute… À Roland-Garros, aujourd'hui, c'est lui qui est aux manettes. Et j'en suis assez fier.

Pour Sandra de Jenken, je dois d'abord me battre contre

les joueurs et la hiérarchie de l'arbitrage et les convaincre qu'elle possède toutes les qualités pour travailler avec des hommes. Les joueurs dans leur grande majorité y sont opposés. Comme me le dira un jour McEnroe : « Je veux bien me faire engueuler par Bruno Rebeuh, mais pas par une femme. » À mon sens, ils avaient peur. Peur de perdre, au vu et au su de millions de téléspectateurs, un rapport de force inévitable lors d'un match. Ils savaient aussi qu'ils pouvaient user d'agressivité contre un arbitre homme installé sur la chaise. Face à une femme, ils perdaient peut-être ce recours à la violence verbale. Ironie de l'histoire, c'est moi, sans doute l'arbitre le plus machiste qu'ils connaissent, en tout cas celui qui a toujours refusé de diriger des matches féminins, qui mène le combat. Même au sein de la WTA, l'organisme qui gère le circuit des femmes, on fait de la résistance, Georgina Clark, une ancienne arbitre devenue dirigeante influente s'oppose. Il faut batailler. Alors qu'elle a aujourd'hui mis fin à sa carrière, Sandra a été la première à arbitrer une finale de Coupe Davis et a dirigé treize finales de Grand Chelem hommes et femmes confondus, dont le fameux Nadal-Federer à Roland-Garros en 2007.

Et puis il y a Pascal Maria, un Niçois comme moi. Dès ses premiers pas, il me laisse sur le cul. Il a tout : l'envie, l'instinct, le sens du jeu et il sait s'imposer. Je me revois en lui et me dis que s'il travaille un peu, il va vite me dépasser. Mais Pascal a ses démons aussi. Il va à cent à l'heure et franchit souvent les limites partout où il se déplace. Plus gênant, il ne cultive pas toujours une hygiène de vie compatible avec ses fonctions. Pour l'un de ses premiers matches à Roland-Garros, il m'avoue, après coup, être descendu deux fois de sa chaise pour vomir dans un coin du court, puis s'être endormi jusqu'à la nuit à l'infirmerie du stade. Une autre année, au terme d'un *after* particulièrement arrosé, il fait à pied le trajet depuis les Champs-Élysées jusqu'à Roland-Garros pour animer un match de gala lors de la journée Benny-Berthet – la Journée des enfants qui précède traditionnellement le début du tournoi parisien. Ses bégaiements sur la chaise passent difficilement inaperçus…

Avec Gilbert Ysern, nous le convoquons et le mettons face à ses responsabilités. C'est musclé, mais Pascal ne cherche pas à esquiver. Il assume les conséquences de ses actes. Pendant un an, il repart sur les plus petits tournois. Peu à peu il remonte dans la hiérarchie française, d'abord, puis mondiale et devient vite le meilleur. À l'arrivée, s'il ne compte « que » sept finales de Roland-Garros à son palmarès alors que j'en ai arbitré dix, lui a été désigné pour diriger l'ultime match à Wimbledon en 2008 entre Nadal et Federer. Et ça… ça pourrait me rendre un peu jaloux.

Ma fille, le prince et un poteau

En 1992, je change de casquette en permanence. Arbitre, juge-arbitre, formateur, animateur… mon agenda ressemble de plus en plus à l'indicateur officiel des horaires de la SNCF. Et je m'apprête à porter une nouvelle casquette. En avril, lors d'une soirée du tournoi de Monte-Carlo, Caroline, très enceinte, ne se sent pas bien. Nous rentrons à Cannes, faisons un détour par la clinique, mais la sage-femme nous rassure : ce n'est pas encore le moment. Je la ramène à la maison et retourne à Monte-Carlo, où je raconte notre péripétie à mon amie Frédérique, l'épouse de Mansour Bahrami. Elle ne se laisse pas convaincre : « Si je comprends bien, tu vas être papa plus tôt que prévu. » Elle avait vu juste. Dès le lendemain, Caroline me rappelle en urgence. Je fonce à Cannes, et cette fois l'accouchement ne fait aucun doute.

Ma fille Charlotte voit le jour. Forcément, rien ne sera plus comme avant. Me voilà père pour la première fois. Un papa bien ennuyé qui doit « abandonner » sa famille pour retrouver sa chaise d'arbitre à Monte-Carlo. Je n'ai prévenu que quelques personnes autour de moi, mais, apparemment, radio-village a fonctionné à plein régime. Alors que j'arrive dans mon bureau, je vois le prince Albert se présenter à moi. Nous nous connaissons, car chaque année il vient saluer les arbitres pendant le tournoi, mais cette fois il vient pour me féliciter personnellement. Et quand je lui apprends que ma femme s'appelle Caroline et ma fille Charlotte, soit les mêmes prénoms que ceux de sa sœur et de sa nièce, le prince trouve ça très drôle. Si drôle que les cinq années qui suivront, ma fille recevra, chaque 22 avril, un cadeau personnalisé à son nom, et que ma famille au grand complet, soit près de quinze personnes, sera invitée par son homologue princière à déjeuner sur la terrasse du restaurant du Monte-Carlo Country Club le jour de la finale.

Des années plus tard, alors que nous venons de basculer dans un nouveau millénaire, j'arbitre pour l'une des dernières fois à Monte-Carlo. Il se trouve que j'ai cocréé, deux ans plus tôt, une société de communication, ABR. A pour Anouilh, mon associé, BR pour mes initiales. Or, cette société fait du conseil pendant le Grand Prix de formule 1 de Monaco qui se dispute en gros un mois après le tournoi. Nous privatisons pendant la course les locaux de la BNP qui donnent directement sur le circuit, mais dans la descente du Loewe, un panneau d'indication routière nous bouche en partie la vue. Mon ami Denis me demande si je ne peux pas trouver un appui pour le faire sauter, ou le faire déplacer temporairement, le temps de la course. Honnêtement, je suis un peu ennuyé et je ne crois pas trop en mes chances de réussite, mais je prends mon courage à deux mains et rendez-vous – auprès de son commandant de camp – avec le prince Albert. Le jour dit, je le rencontre dans la loge princière du club et lui expose, un peu gêné quand même, mon problème. « Je comprends, Bruno, me répond le prince, mais c'est délicat, cela oblige de passer par la DDE, l'État français, et si j'accède à votre demande, je vais être submergé de demandes analogues. Mais je vais me renseigner. Je m'en occupe. » Soulagé de m'être acquitté d'une corvée délicate, je quitte la loge. Quelques semaines s'écoulent et je suis à Paris pour préparer Roland-Garros, quand mon ami me rappelle et m'informe que rien n'a bougé. Le panneau est toujours là ! Nous sommes le vendredi du Grand Prix, il ne reste plus que quarante-huit heures chrono avant la course !

Honnêtement, l'existence de ce panneau avait cessé de hanter mes nuits et le voilà qui réapparaît comme le mât d'un vaisseau fantôme. Que faire ? Acculé, je décide de tenter le tout pour le tout et d'appeler le palais. Je tombe sur le standard d'abord, avant d'être en ligne avec le secrétariat princier où j'expose le problème. Je sens une certaine impuissance de mon interlocuteur qui me précise que le prince est en voyage en Asie et qu'il ne rentrera que pour assister au Grand Prix.

Cette fois, c'est mort. Pour autant, j'ai ma conscience pour moi. J'ai tenté l'impossible, voire au-delà. Pourtant, alors que je suis à mon domicile le dimanche matin, le téléphone sonne. « Allô, ça va ? C'est Denis [mon ami]. Tu es bien réveillé ? Eh bien, le panneau… il a disparu ! »

Quelques mois s'écoulent et je suis aux Jeux de Sydney. J'ai dégoté une accréditation qui me permet d'accéder à tous les sites olympiques dans les meilleures conditions, et ce jour-là je suis à l'escrime où je me retrouve côte à côte avec le prince Albert de Monaco. Il me sourit et me serre la main, je vois ses yeux qui frisent malicieusement. Puis il se penche vers moi et me demande à mi-voix : « Alors… ce panneau ? »

Magique Albert !

Où sont les femmes ?

Dans ces années 1980-1990, le tennis connaît un développement et un rayonnement incroyables. Avant l'éclosion des Federer, Nadal, et Djokovic, il vit un âge d'or avec pour têtes de gondole les McEnroe, Connors, Agassi, Becker, Sampras, Lendl, Noah, Wilander, Vilas, Edberg, Cash ou Leconte. Il y en a pour tous les goûts, tous les pays. Chacun peut s'identifier à un joueur charismatique. Les quatre tournois du Grand Chelem peuvent également se féliciter de pouvoir offrir des confrontations différentes car jouées sur des surfaces aussi opposées que le dur, la terre battue et le gazon. Jamais l'exposition médiatique du tennis n'a été aussi importante et ses stars multiplient leurs apparitions sur toutes les scènes de la planète. Et moi, j'évolue tel le poisson rémora au milieu de ce banc de grands carnassiers. Je suis dans mon élément et je ne veux surtout pas en changer.

Pourtant, au même moment avec un effet miroir, le tennis féminin connaît la même exposition exceptionnelle. Le public se prend au jeu des oppositions de styles et de personnalités. Il y a l'indétrônable et énigmatique Graf, Seles la combattante, la glamour Gaby, Navratilova et ses combats, Hingis la surdouée maligne, l'increvable Arantxa, bref la galerie de personnages et la qualité de leurs jeux offrent un plateau de choix. Partout. Pour tout le monde. Mais pas pour moi.

Aujourd'hui, je dois le confesser, je détestais le tennis féminin et je ne me vois pas refaire l'histoire pour trouver de fallacieuses raisons à mon attitude passée. À l'époque, je voulais de la confrontation directe, du combat, des prises de bec. Je rêvais de me frotter à McEnroe, à Connors ; bref, je fantasmais un tennis viril sans atermoiements ni crises de larmes.

Ni ma jeunesse ni mon éducation ne me prédisposaient à ce type de comportement qui paraît aujourd'hui frappé d'aveuglement crasse, et pourtant... Pour éviter de me voir désigné sur un match féminin, j'étais capable du pire, ce dont Patrice Clerc et Gilbert Ysern, qui me connaissaient parfaitement, étaient au courant. Ils avaient beau tenter de me raisonner, de m'ouvrir les yeux, rien n'y faisait, je traînais des pieds. Alors, autant par punition que par amusement, ils « m'offraient » chaque premier lundi de Roland-Garros un bon match féminin opposant deux joueuses de l'Est aux noms imprononçables sur le plus petit court du tournoi. Je les vois encore se relayer hilares derrière les bâches à me regarder tirer une gueule de six pieds de long.

Avec mes supérieurs Ken Farrar et Stefan Fransson, en revanche, ma mauvaise volonté jouait plutôt en ma faveur. Comme nous étions nombreux, et que peu d'arbitres se montraient aussi machos que moi, ils évitaient autant que faire se peut de me désigner pour les matches féminins. Un petit, de temps en temps, histoire de me remettre dans le rang et je gagnais une immunité de plusieurs mois. Il faut dire que sur mon plus gros match, j'avais fait très fort.

Nous sommes à Wimbledon en 1990 et je dois arbitrer sur un court annexe Zina Garrison. À l'époque cette joueuse afro-américaine doit être 10e mondiale et produit un tennis assez efficace et puissant. Mais pour moi, ça ne change rien à l'affaire, je suis dégoûté de me retrouver là et je compte bien le faire savoir. Je sais aussi qu'elle ne me connaît pas. Pourtant, une fois n'est pas coutume, j'accepte ma peine sans trop râler et me dis qu'il vaut mieux faire contre mauvaise fortune bon cœur. Mais bientôt, à peine quelques jeux disputés, je perds ma concentration. Sans aucune raison valable, je me désintéresse peu à peu du déroulement de la partie et mes annonces deviennent totalement incohérentes. C'est d'un je-m'en-foutisme total et ça commence à se voir. Je n'*overrule* presque jamais, ou à contretemps. Je peux voir que Zina Garrison a compris et qu'elle en a marre de moi. Elle me lance des regards interrogateurs et finit par se positionner au pied de ma chaise en se montrant assez virulente. C'est une femme impressionnante qui est légitimement excédée. Dans la lignée de ce que je fais depuis le début de la partie, je décide de la prendre de haut. Je ne bouge pas, je reste muet. C'est tout juste si je la regarde.

Face à ma passivité, Garrison change alors d'attitude et se montre étrangement calme. « Je vais cesser de m'énerver car visiblement vous ne savez pas arbitrer, me dit-elle. Je pense que vous débutez et je ne vous en veux pas. C'est plutôt auprès du juge-arbitre que je vais me plaindre. C'est absolument inconcevable de choisir un bleu pour un match de deuxième tour dans le plus grand tournoi du monde. » Et de rajouter, comme pour me rassurer : « Mais je ne vous en veux pas. Croyez-moi. »

Avec le recul, je pense que je méritais alors un bon coup de pied au cul. Pourtant, je viens de gagner mon combat contre le tennis féminin, puisque au lendemain de ce triste match je ne connaîtrai qu'une autre désignation « féminine » et seulement comme juge-arbitre pour un match de Fed Cup, opposant les États-Unis à l'Italie, à Stanford.

Trente ans plus tard, une telle attitude est évidemment inconcevable mais éclaire parfaitement les us et coutumes de l'époque. Pourtant, peu à peu, j'ai vu mon regard évoluer, même si je suis incapable d'identifier un élément déclencheur. Est-ce l'arrivée d'une Sandra de Jenken, une arbitre au talent incontestable mais trop longtemps discuté ? Peut-être. Comble de l'ironie, alors que je m'apprêterai à tirer progressivement un trait sur ma carrière d'arbitre en 1998, j'organiserai un petit tournoi féminin à Cagnes-sur-Mer. Disputé sur terre battue, il prendra, année après année, de l'importance, jusqu'à offrir 100 000 dollars de prix et servir de préparation à des joueuses professionnelles juste avant Roland-Garros.

Et comme pour boucler définitivement la boucle, ce sont deux tournois de golf féminin que j'ai montés sur le circuit pro qui occupent, aujourd'hui, la majeure partie du temps que je passe, loin, très loin, des courts de tennis.

4.

L'Open d'Australie

Bouilli au soleil

Première levée du Grand Chelem de l'année, l'Open d'Australie, au-delà de son caractère exotique unique, lance véritablement la saison de tennis et cela se sent immédiatement. Dès les premiers entraînements, les joueurs et les joueuses qui viennent pour la plupart de quitter les frimas hivernaux de l'hémisphère Nord respirent l'énergie. Nous sommes mi-janvier, ils ont digéré les fêtes, leurs entraînements fonciers[1] et revivent de se retrouver sous le soleil du Victoria.

Melbourne est une ville à l'échelle humaine, moins spectaculaire que Sydney mais bien plus cosy. Tout ou presque peut se faire à pied. Dès que je le peux, c'est les mains dans

1. Le foncier est l'entraînement que les joueurs suivent en dehors des périodes de compétition pour travailler la base de leur préparation physique.

les poches que je me rends au stade en longeant la Yarra River qui sert de rendez-vous à tous les lève-tôt sportifs. Il règne ici une douceur de vivre presque méridionale, même si l'architecture victorienne est omniprésente. De nombreux expatriés s'y sont installés, des Serbes, des Croates aussi, et une petite colonie française. La douche prise, nous nous retrouvons souvent devant un verre au bar « Le Monde », où nous goûtons l'andouillette de chez « France Soir ».

Des quatre tournois majeurs (Roland-Garros, Wimbledon et US Open), l'Open d'Australie reste quand même le moins prestigieux. Longtemps victime de son éloignement géographique, de ses changements de dates dans le calendrier, il fut aussi boudé en raison de sa surface, le gazon, jugée trop radicale par une majorité de joueurs. Jusqu'à ce qu'en 1988, les Australiens décident de quitter l'herbe de l'historique stade de Kooyong pour s'installer à Flinders Park, un complexe flambant neuf construit à un jet de balle du centre-ville et à deux pas du stade olympique qui vit Alain Mimoun s'imposer sur le marathon en 1956. Témoin privilégié de cet épisode jugé comme révolutionnaire par des Australiens biberonnés à la tradition du tennis, je resterai à jamais comme étant l'arbitre ayant dirigé en 1988 le premier match de Grand Chelem indoor de l'histoire : Wilander contre Krishnan. Pas mal pour un arbitre qui disputait également son premier majeur en terre *aussie*.

Pour ne pas louper son pari de la modernité, et combler son retard de reconnaissance, l'Open d'Australie a fait les choses en grand. Les installations sont fonctionnelles, le stade est immense et son Central révolutionnaire, la Rod Laver Arena, est doté d'un toit rétractable et de la climatisation. Une vraie bénédiction car ici, quand le vent du bush se met à souffler, vous avez l'impression de vous retrouver devant un sèche-cheveux XXL.

À l'occasion de l'un ces jours de grande chaleur, je ne fus d'ailleurs pas très loin de réussir le match le plus ridicule qui soit. En 1995, je suis désigné pour diriger un match entre Kafelnikov et Carlssen. Nous sommes sur un court annexe où la chaleur est vraiment très intense et où le soleil bastonne. Heureusement, le paquetage donné aux arbitres est judicieusement adapté au climat. Ici, pas de costume en polyester façon Wimbledon, j'ai droit à un survêtement léger et à une casquette dotée d'un rabat pouvant me protéger la nuque. Enduit de crème solaire, je suis paré. En tout cas c'est ce que je crois, lorsque le décalage horaire avec la mère patrie – dix heures – me rappelle à son bon souvenir. Au bout d'à peine une demi-heure de jeu, alors que je vois Jakob Hlasek s'installer dans les travées juste en face de ma chaise, je pressens que le match va être pénible. Tout se passe bien sur le court jusqu'à ce que j'aperçoive, en début de deuxième manche, le Suisse tenter d'attirer mon attention en agitant les bras et en levant son pouce vers le bas. Comme il n'est pas encore de coutume sur les Grands Chelems de mettre les joueurs à mort – même si je l'ai parfois regretté – je trouve cela étrange. D'autant que, maintenant, c'est Kafelnikov qui échange avec son ami Hlasek et me demande le score. Chose assez rare. Impérial, je lui annonce : « 40-15. » Le Russe s'apprête à reprendre le jeu quand Hlasek se met à hurler « Non ! c'est 30 A. » Carlssen, que l'on n'avait pas encore entendu, décide à son tour de clarifier les choses : « Non, non, pas du tout, on en est à 15-40 ! »

À ce moment précis, j'ai surtout envie de me retrouver sous un parasol à la plage et de me rafraîchir avec un Perrier rondelle glacé. Mais je me doute aussi qu'avant cela il va peut-être falloir régler un petit problème de score. Je rappelle que j'annonce 40-15, que Hlasek pense que nous en sommes à 30 A et que Carlssen dit 15-40. Le seul qui n'a aucun avis, c'est Kafelnikov. Point positif, l'ambiance est plutôt bon enfant. Même le public, accablé de chaleur, n'essaye pas d'envenimer les choses. Je décide donc de convoquer les deux joueurs et, après m'être assuré d'avoir bien coupé mes micros d'ambiance et télé, et leur dis le plus discrètement possible : « Messieurs, le score que j'ai inscrit sur ma feuille d'arbitrage ne convient visiblement pas à tout le monde. J'ai certainement annoncé un mauvais score depuis deux ou trois points. Qu'en pensez-vous ? Pouvons-nous nous mettre d'accord sur un score en revenant en arrière jusqu'au moment où vous vous accordez ? »

Carlssen se met à douter et n'est plus sûr de rien. Kafelnikov est hilare et commence à se foutre de moi. Bref, tout le monde a perdu le fil et au bout de deux minutes nous tombons d'accord pour reprendre le jeu à 15 A. Coup de fatigue, de chaud ou déconcentration ? Le match reprend sans autre encombre et se solde par une victoire de

« Kafel ». Une nouvelle fois, les points accumulés sur mon compte crédibilité, évoqué par Ion Ţiriac quelques années plus tôt, me permettent de sortir indemne d'un beau guêpier.

Le clash Cash

Parfois, malgré l'ambiance décontractée qui prévaut à Melbourne, c'est légèrement plus compliqué. Notamment quand on a affaire à une star nationale. Pat Cash-Emilio Sánchez, telle est l'affiche de ce deuxième tour de l'édition 1992 que je dois arbitrer. Moi qui aime le combat, je sens que je vais être servi. Car ici en Australie la température d'un match en nocturne ne se mesure pas grâce à un thermomètre mais plutôt à l'éthylomètre. Et Melbourne, où les pintes de Vittoria Bitter tombent plus vite que la nuit sur Flinders, ne fait pas exception à la règle ! À partir de 20 heures, une bonne partie du public, très sportif jusque-là, devient plutôt rock'n'roll, version AC/DC !

Cela ne déplaît pas trop à Pat Cash, qui, comme son nom l'indique, ne fait pas dans la dentelle, même si ce soir, c'est lui qui se retrouve vite dans les cordes. Opposé à un Sánchez qui lui donne une leçon de déplacement et de variation de jeu, l'Australien est mené deux sets à rien avant de se lancer à l'abordage pour revenir à 2-1, puis d'égaliser à deux manches partout. On dépasse les trois heures de match et le public qui a bien évidemment choisi son camp rugit de plaisir. Les « *Come on, Pat, come on, mate* [mon pote] *!* » font trembler la Rod Laver Arena.

Nous arrivons dans le *money-time* : c'est le cinquième set et Cash est au service pour égaliser à un jeu partout quand, sur une deuxième balle, la juge de ligne annonce : « Faute de pied ! » C'est la pire des annonces, celle que les joueurs détestent le plus. Avec la fatigue et des lancers de balle plus approximatifs, c'est presque toujours en fin de match que les joueurs perdent leurs repères au service. Je suis en vigilance maximale lorsque je vois Cash avancer menaçant vers la juge. Lui est de dos, mais je peux voir que la jeune femme apparaît d'autant plus vulnérable qu'elle est assise, les deux mains à plat sur ses genoux et que Cash la domine de sa stature massive. Il reste là, semble s'adresser à elle pendant quelques secondes et revient vers sa ligne pour servir à 30-40. Le vacarme est tel que je n'ai rien pu entendre mais quand la juge lève le bras, signe qu'elle veut me parler, je sais que cela va secouer fort dans le saloon.

En un éclair, je me revois même deux ans plus tôt assister, sur ce même court, à l'exclusion de McEnroe par mon boss Ken Farrar pour injures répétées. Une première dans l'histoire des Grands Chelems. Pour venir jusqu'à ma chaise, la jeune juge marche d'un pas décidé et saccadé. Le public la hue mais cela ne semble pas l'affecter et lorsque je lui demande la raison de sa réclamation, elle me dit que M. Pat Cash l'a insultée et lui a parlé de manière inappropriée. Le contraire eût été étonnant, mais je lui explique

que pour pouvoir le sanctionner, je dois connaître exactement la teneur de ses propos. Je la vois alors prendre sa respiration et me lâcher : « Il m'a dit de bouffer ma merde et d'aller me faire enc... »

Pas besoin de vérifier, cela tombe bien dans le type d'insultes condamnées par le code de conduite. Sachant que j'avais déjà donné un avertissement à Cash pour jet de raquette, je l'informe qu'il vient d'écoper d'un point de pénalité pour insultes, et que par conséquent il vient de perdre son engagement. Il en déduit tout seul que le voilà breaké en ce début de cinquième set. Il est fou de rage, hurle comme un forcené, mais ne va pas trop loin pour éviter l'exclusion. Je me force de le fixer du regard pour bien lui faire comprendre que je ne me gênerai pas pour le « virer » à la prochaine incartade. C'est tendu et je me doute, même si je n'arrive pas à saisir tout ce que le public hurle, qu'une partie de celui-ci m'invite à partager le sort envisagé un temps pour la jeune juge de ligne.

Le match reprend mais Pat Cash n'y est plus et malgré les encouragements des 15 000 supporters déchaînés, il perd 6-1 le dernier set et s'incline après trois heures et cinquante-six minutes de lutte. Comme il se doit, Emilio Sánchez vient me serrer la main, et alors que je ne pense pas avoir droit au même traitement de la part de Cash, celui-ci se place au pied de ma chaise, me regarde droit dans les yeux et me tend sa grosse main ouverte. Franchement, je suis agréablement surpris et tends à mon tour mon bras vers le bas au-dessus de la tablette en bois qui me sert d'écritoire.

C'est alors qu'il me saisit la main et tire violemment pour me faire basculer la tête en avant. Pour une fois, l'ambiance moite des nuits australiennes me sauve la mise car sa main trempée de sueur glisse et me libère avant que je ne bascule ! Il tourne alors rapidement les talons et quitte furax le Central.

Ce soir-là, Pat Cash vient de battre le record d'amendes données à un joueur à l'Open d'Australie. Il vient d'effacer McEnroe des tablettes et doit verser 9 000 dollars : 5 000 pour insultes à une juge, 2 000 pour conduite anti-sportive, 1 000 pour obscénités entendues à la télévision et 1 000 pour avoir tenté de me faire tomber de ma chaise. Cash se distinguera une nouvelle fois quelques heures plus tard en détruisant le miroir de l'ascenseur à son hôtel puis le mobilier de sa suite. « *Highway to hell, mate !* »

5.

Roland-Garros

Le dernier de la famille

Chaque fois que je pénètre dans l'enceinte du stade Roland-Garros, la même impression m'envahit, celle de retrouver une vieille maison de famille. Que je passe devant l'ex-porte 13, où Mme Hamelin cumulait dans son petit bureau les fonctions de concierge, d'intendante et de confidente, ou que je longe le Central, qui hébergeait en sous-sol les couscous improvisés par Mabrouk, le responsable des courts, les fantômes des lieux m'accompagnent toujours de leur bienveillance. Étrangement, si l'endroit ne ressemble plus du tout à celui que j'ai découvert à mes vingt ans, en 1982, l'âme du stade est toujours là. C'est le théâtre de mes rêves de jeune arbitre, c'est là aussi où mes rides ont accompagné les sillons de ma carrière en cours. Pas dit qu'un jour je n'aimerais pas voir mes cendres mélangées à la terre ocre du Central pour un dernier « Jeu, set et match ».

Mais, pour que cette magie opère, il faut toujours que des hommes aient décidé un jour de greffer un cœur à un tas de pierres. En l'occurrence, c'est à Philippe Chatrier qu'il faut ici rendre hommage. Lorsqu'il arrive à la tête de la Fédération française en 1973, le tournoi de Roland-Garros a perdu de son lustre d'antan. Les premières tribunes érigées en 1927, pour donner un écrin aux exploits des Mousquetaires en Coupe Davis, ne sont plus qu'un souvenir et les installations sont dépassées. Roland ne joue plus dans la même catégorie que Wimbledon ou l'US Open. Son prestige est vacillant et les joueurs anglo-saxons qui ont toujours cultivé une relation compliquée avec la terre battue ont beau jeu de snober le tournoi. Ancien joueur puis journaliste, Philippe Chatrier, qui a le patriotisme sportif chevillé au corps, ne peut se résoudre à voir les Internationaux de France jouer en deuxième division continentale. Il commence à moderniser les structures quand son ange Gabriel point des brumes scandinaves. Son prénom Björn. Son nom Borg. Cela intervient le 16 juin 1974, lorsque Borg remporte à dix-huit ans le tournoi. Philippe Chatrier comprend avant tout le monde les bénéfices que Roland-Garros peut tirer de l'avènement de ce joueur symbole de l'athlète moderne. Plus inattendue mais pas moins précieuse, une jeune Américaine de dix-neuf ans s'impose aussi pour la première fois à Paris cette année-là, Chris Evert. La « Roland-mania » est lancée ; encore faut-il l'accompagner avec l'arrivée des McEnroe, Wilander, Lendl, Navratilova et bien sûr Yannick Noah.

Pour replacer Roland-Garros au sommet des tournois et rendre à la terre battue son statut de surface reine, Chatrier va s'entourer de fidèles et d'une phalange de jeunes diplômés entièrement voués à son développement. Ce sont eux que je découvre en 1982, ce sont eux qui m'accompagneront jusqu'à la fin de ma carrière et ce sont eux qui me permettront de passer de petit con ambitieux à vieux con expérimenté sans jamais altérer mon enthousiasme. Car eux n'en manquaient jamais.

Indispensable cheville ouvrière de ce commando tout-terrain, il y a Christian Duxin. Lui aussi ancien joueur international, il sera le conseiller particulier et le directeur de Roland. C'est lui qui construira le court n° 1, aujourd'hui disparu, et inventera le village des sponsors. Toujours d'humeur et d'humour égaux, il ne cherchera jamais la lumière mais contribuera à embaucher « les jeunes » avec, à leur tête, Patrice Clerc.

Arrivé en 1979 à Roland-Garros, Clerc en prendra la tête en 1984 avec son commando de trentenaires de choc constitué de Gilles Jourdan, d'Hervé Dutreil, de Gilles Bertoni et de Gilbert Ysern qui assurera le relais de l'incontournable Jacques Dorfmann. Pour moi, ils représentaient l'exemple à suivre. Quand j'arrivais à Roland-Garros, j'adorais passer des heures à les observer travailler. Plus tard, alors que je me retrouvais à l'Open d'Australie ou à l'US Open, je n'attendais qu'une chose : qu'ils débarquent pour les traditionnelles réunions des tournois du Grand Chelem. Comme un enfant, j'appelais dix fois l'accueil de l'hôtel pour savoir s'ils étaient arrivés puis nous partions courir les restaurants de Melbourne ou de New York pour « repeindre » le monde entier. Ils ne m'épargnaient pas non plus, c'était le jeu, et je ne voyais rien à leur répondre.

Ils me semblaient si brillants, bien plus que moi, le gars Bruno, qui n'avais pas fait d'études et me satisfaisais de partager leur seule compagnie. Je trouvais en eux une famille où il y avait le papa, Clerc, et les grands cousins. Cela explique sans doute que pour affirmer ma place dans la tribu je ne trouvais rien de mieux que me faire plus culotté, plus déterminé et plus indiscipliné que nature. En 1989, lorsque Patrice Clerc me désigne pour arbitrer la finale de Roland-Garros, je vais me surpasser…

Jacques Dorfmann vient d'être débarqué par les instances internationales lassées de ses provocations, et c'est moi qui suis choisi pour lui succéder. Sept ans après mes débuts, je touche au but. C'est un accomplissement dans ma carrière mais, forcément, je ne veux pas trop l'avouer. Je surjoue le type sûr de lui, jusqu'au moment où je me retrouve dans l'antichambre du court central à quelques minutes d'y pénétrer en compagnie de Stefan Edberg et de Michael Chang.

Bien sûr je n'ai pas trop bien dormi et, comme pour m'isoler de toute pression supplémentaire, j'arrive avec vingt minutes d'avance aux abords du Central. Je vais dix fois aux toilettes, je ne veux voir personne, mais quand arrive Patrice Clerc pour me souhaiter bonne chance et me rassurer aussi, je garde ma posture, un brin trop assuré. « Allez, c'est bon Bruno, me glisse malicieusement Clerc juste avant de pénétrer sur le court. Ça va bien se passer, il y a juste 120 pays qui retransmettent la finale ! » Une fois en place, je me sens immédiatement mieux. Je suis en terrain connu et la personnalité des deux finalistes n'est pas pour m'inquiéter. Il y a peu de chances qu'Edberg ou que Chang me sautent à la gorge ou tentent de prendre ma chaise d'assaut.

Le match a débuté depuis quelques minutes quand je m'aperçois que Patrice Clerc, Gilles Jourdan et Gilbert Ysern ont pris place dans la fosse des photographes située sous la tribune présidentielle. Particulièrement bien dissimulée, elle permet de suivre à travers la bâche de fond de court toute la perspective du Central.

Je vais passer tout le match à leur envoyer des petits signes complices. Je dirige MA finale et elle ne peut pas m'échapper. Je suis si bien qu'au début du troisième set alors qu'il mène 1-6, 6-3, 6-4, je profite d'un changement de côté pour inscrire Edberg vainqueur de la finale avec les jeux déjà disputés. Je n'ai jamais agi de la sorte et ne le ferai plus. Une heure se passe et c'est finalement Michael Chang qui s'impose en cinq sets et devient à dix-sept ans le plus jeune vainqueur des Internationaux de France. Heureusement, j'avais utilisé un crayon à papier.

Quelques minutes plus tard, lorsque je reçois le plateau d'argent qui récompense l'arbitre de la finale, je suis sur mon petit nuage. Même si le contenu du match, contrairement à son scénario, n'a pas été très palpitant et si je n'ai pas pu me mettre en évidence, ma mère et mes amis m'ont vu à la télé, et j'ai assuré. Je ne me doute absolument pas que je vais enchaîner neuf autres finales sur ce même Central et qu'aujourd'hui ce sont les dix seuls trophées que ma maman a conservés.

Le lendemain, après un réveil très, très matinal, je suis à Bologne pour arbitrer un « petit » tournoi du circuit. Sur la chaise, loin de Paris et dans un anonymat presque total, c'est là, complètement flapi, que je prends enfin la mesure du chemin parcouru, sans me douter que Roland-Garros allait bientôt me faire vivre des émotions d'un autre ordre.

Les faux cheveux d'Agassi

Arbitrer sur la chaise requiert bien évidemment un degré de concentration important, pour autant cela ne m'a jamais empêché d'apprécier le jeu pratiqué ni, non plus, d'admirer au plus près les champions qui me fascinent. Je suis le premier à demander des gros matches mais pas le dernier à me désoler quand l'issue de la rencontre me laisse frustré. La finale Gomez-Agassi en 1990 restera à cet égard à ranger au rayon des souvenirs amers.

C'est ma deuxième finale à Roland-Garros. Agassi, toujours vierge de titre en Grand Chelem, va ouvrir son compteur à Paris, c'est sûr, et c'est moi qui vais l'arbitrer. Lui qui, à vingt ans, joue au tennis comme s'il disputait un match de ping-pong debout sur la table ne va faire qu'une bouchée du trentenaire Andrés Gómez. Pour l'Équatorien qui n'a jamais connu mieux que les quarts de finale en « majeur », ce match s'annonce déjà comme l'aboutissement de l'ensemble de sa carrière.

Lorsque les deux joueurs se présentent sur le Central, on frôle l'hystérie. Vêtu de son fameux short en jean délavé, de son grand polo Nike tout aussi rose fluo que le large bandeau qui lui ceint le front, le Kid de Las Vegas déclenche les acclamations de tous les jeunes spectateurs qui ont envahi les gradins. Agassi ne ressemble à aucun de ses pairs et ne joue pas non plus le même jeu. Je suis certain de me trouver à la meilleure place pour assister à un changement d'ère.

Malheureusement, les premiers échanges douchent vite l'enthousiasme du public. Je ne reconnais pas Agassi. Il ne se déplace pas comme d'habitude et son explosivité fait long feu. Il est lent, force ses frappes, son tennis paraît presque inoffensif. En un mot, il semble perdu, privé de tout repère.

Gómez empoche le premier set. On veut croire au réveil du jeune Américain lorsqu'il égalise à une manche partout, mais ce n'est qu'illusion. Le temps pour Gómez de surmonter ses émotions et l'Équatorien reprend la leçon face à un Agassi qui tombe dans tous les pièges.

À chaque changement de côté, j'observe qu'Agassi ne peut rester en place sur sa chaise. Les jambes tressautent et il se passe constamment la main dans ses longs cheveux blonds peroxydés. Son langage corporel m'interroge : il est agité mais son regard me semble perdu. Souvent, il cherche des yeux un signe de son clan composé de sa garde rapprochée. Nick Bollettieri, son frère Philip et Gil Reyes, son impressionnant garde du corps, ont beau tenter de lui intimer l'ordre de se lâcher, il paraît incapable de réagir et s'incline sur un ultime coup droit long de ligne de Gómez qui restera de longues secondes à se tenir le visage. Pour avoir si longtemps bataillé sur les courts, il connaît le prix de cette victoire qui lui semblait interdite et la somme d'efforts qu'il a dû consentir pour la décrocher. Agassi, lui, apparaît un peu pataud et désorienté, ce qui ne l'empêche pas de vivre sa déception avec un fair-play remarquable.

Pour ma deuxième finale, mon deuxième plateau en argent, c'est une deuxième douche froide. Je ne suis pas déçu, mais j'ai du mal à comprendre ce qui vient de se passer, comme je serai bien incapable de répondre à tous les amis qui me demanderont ensuite un avis éclairé sur le match.

Finalement, il me faudra attendre dix-neuf ans et la sortie du livre *Open* dans lequel Agassi se raconte pour avoir la clé du mystère. Depuis quelques années, Andre Agassi souffre de perdre ses cheveux. Tous les matins, il doit se résigner à ramasser des mèches par poignées et cela l'affecte tant qu'il décide de porter un postiche pour cacher une importante calvitie. Personne, ou presque, n'est au courant, et la chevelure blonde exubérante du jeune Américain concourt à l'image de rebelle qui lui colle… à la peau. Or, la veille de la finale de 1990, alors qu'il prend une douche dans sa chambre d'hôtel, le postiche se détache. Ne parvenant pas à le refixer correctement, Andre Agassi panique et c'est le branle-bas de combat pour trouver discrètement une solution. Tous les membres de sa garde rapprochée sont mobilisés. Il m'a été ensuite rapporté que Chris Evert, qui résidait dans le même hôtel et avait été mise dans la confidence, avait fourni des pinces à cheveux au Kid. Finalement, c'est avec un postiche rafistolé qu'Agassi se présente sur le court. On comprend mieux le trouble qui semblait affecter le jeune homme. Il avouera ensuite que sur chaque déplacement, sur chaque frappe de balle, il ne redoutait qu'une chose : perdre sa perruque en direct et devenir la risée du monde entier. Le ridicule évité, la défaite lui apparut finalement comme un moindre mal.

Dans l'ignorance totale de la tragi-comédie qui s'était déroulée sous mes yeux, je reste quant à moi toujours sur ma faim. Égoïstement, sans doute, j'attends encore LA finale qui par son déroulé ou son aboutissement va asseoir mon statut d'arbitre de Roland-Garros. Finalement, l'adage « Jamais deux sans trois » ne s'applique pas et le match Courier-Agassi qui clôt l'édition 1991 m'apporte ce après quoi je courais depuis trois ans : une forme de consécration et d'apaisement.

Pour la première fois depuis l'ère Open, en 1968, deux Américains se retrouvent à Paris, titre en jeu. Au-delà de la personnalité explosive des deux garçons, c'est aussi une victoire pour le tournoi et, de fait, pour Philippe Chatrier qui a su imposer la terre battue comme une surface incontournable dans la construction d'une carrière. Agassi comme Courier ne peuvent plus bouder la surface comme leurs glorieux prédécesseurs. Malgré les efforts d'adaptation qu'elle leur impose, ils savent qu'il faut gagner sur terre battue pour être reconnu comme un grand. Cela tombe bien, moi je ne veux arbitrer que les grands dans les grands matches et dans mon jardin. Pour l'instant j'ai dirigé de grands joueurs, il ne me manque que le grand match.

En 1991, je suis enfin comblé. La victoire de Jim Courier sur Andre Agassi en cinq sets (3-6, 6-4, 2-6, 6-1, 6-4) scelle un vrai et très bon match. Au-delà de la rivalité qui existait entre les deux hommes et qui avait été montée en épingle par les médias les jours précédents, je garde le souvenir d'une confrontation franche, sans débordements, qui ne m'a pas demandé de jouer les gros bras. J'ai trente ans en juin 1991 et je n'ai peut-être plus besoin d'être au centre de toutes les attentions pour goûter le sentiment du travail accompli.

De tous les grands joueurs que j'ai côtoyés, Agassi fait sans conteste partie de ceux que j'ai le plus appréciés. Sur le court, où il ne cherchait pas le conflit et où il était le seul à me saluer à son arrivée par un « Bonjour, Bruno », et surtout en dehors. Là, comme tout son clan d'ailleurs, il savait se comporter avec un tact et un savoir-vivre que son apparence bling-bling ne laissait pas imaginer. Reste que je demeure et que je resterai jusqu'au bout le chat noir d'Agassi à Paris, puisque l'Américain devra attendre 1999 pour retrouver le chemin de la finale et s'imposer enfin contre Andreï Medvedev. Or, l'année précédente, après avoir arbitré dix finales consécutivement, j'avais décidé de passer la main…

Lorsque je pense à lui, deux anecdotes qui bordent nos carrières respectives me viennent en mémoire. En 1989, je suis au tournoi de Stratton Mountain, dans le Vermont, et je tombe sur Agassi au practice du golf qui est attenant aux installations. Il n'a jamais joué et y prend sa toute première leçon. Forcément, le pro lui indique la façon de bien prendre son club en main et lui place plusieurs balles pour se tester au drive. À sa première tentative il passe au-dessus de la balle, à la deuxième également. Troisième chance et troisième *air shot.* Le pro intervient alors et lui explique qu'il se relève trop tôt au moment de frapper la balle et que le drive ressemble en fait à un coup droit de tennis. Il aurait dû commencer par là puisque à sa nouvelle tentative, Agassi tape une balle traçante à plus de 200 mètres. Toutes celles qui suivront dépasseront les 230 mètres sans jamais dévier d'une trajectoire dessinée au laser. Si je me souviens bien, il trouva l'exercice très drôle et très gratifiant. Un souvenir moins gratifiant pour le joueur de golf que j'essayais alors de devenir…

Plus surprenant reste le dernier rapport direct que j'ai entretenu avec Andre Agassi. Cela fait quelques mois que j'ai mis un terme à ma carrière d'arbitre. Nous sommes en 2001 quand les douanes de Nice m'informent que je viens de recevoir un colis en provenance des États-Unis et que je dois venir le récupérer contre le règlement d'une somme de dédouanement non négligeable. Je ne vois pas à quoi cet envoi peut correspondre. Je ne réponds pas tout de suite et puis j'oublie. Plusieurs semaines se passent quand je reçois une relance. Je ne bouge toujours pas. C'est au troisième avis que je daigne enfin me déplacer, moins curieux que désireux de mettre un terme à ces relances successives. Bien m'en prend. Arrivé à mon domicile je découvre que le colis en question est une caisse en bois, remplie de douze bouteilles de château-margaux 1982 ! Le tout accompagné d'une lettre manuscrite d'Andre Agassi me souhaitant une bonne dégustation et me remerciant pour ce que j'ai fait dans ma carrière.

Croyez-le ou non, il a été le seul à trouver mon adresse dans le bottin des Alpes-Maritimes.

Mon cœur sur la chaise

Le tournoi 1991, outre sa finale, me reste comme un très bon millésime : lorsque l'on me demande encore aujourd'hui quel match a pu marquer ma carrière, il y a obligatoirement ce troisième tour qui opposa Jimmy Connors à Michael Chang. Ce jour-là, ce n'est pas la qualité du jeu produit ni même le suspense lié au résultat du match qui me restent et qui habitent encore les spectateurs et téléspectateurs qui se souviennent de la rencontre. J'assiste au plus près au combat d'un homme qui refuse, jusqu'à la limite de l'entendement, l'idée même de défaite.

C'est le match des contraires. D'un côté il y a Michael Chang, dix-neuf ans, vainqueur du tournoi deux ans plus tôt, et qui reste l'homme qui a rendu fou Ivan Lendl. Il semble fondu dans le caoutchouc et capable de répéter pendant des heures ses variations de fond de court. De l'autre, Jimmy Connors, trente-huit ans, endosse paradoxalement l'habit de l'*outsider* qui n'a pour seul salut que sa capacité à imposer le corps à corps et à chercher le *knock-down*. Il sait, lui qui a attaqué sa carrière professionnelle en 1972 – soit l'année de naissance de Chang –, que pour sauver sa peau il doit mener une guerre éclair sur le Central. D'autant qu'au tour précédent il a laissé des plumes dans son combat de cinq sets contre le Haïtien Ronald Agénor.

Les batteries chargées à bloc, Connors attaque la partie pied au plancher, comme il le fait si bien depuis près de vingt ans, et gagne le premier set 6-4. C'est flamboyant mais, peu à peu, la somme d'énergie dépensée paraît trop importante, d'autant que Chang, fidèle à lui-même, a décidé de le cuisiner du fond du court. Point après point, il déplace Connors qui commence à faire son âge. Chang égalise à une manche partout, puis se détache deux sets à un. Il faut un sursaut d'orgueil inattendu pour que « Jimbo » s'impose dans le quatrième set. Nous y voilà ! Sur ma chaise, je suis intimement persuadé que ce cinquième set va forcément être théâtral.

Connors tire la jambe, lors des derniers changements de côté il a passé son temps à s'étirer et il semble plus voûté que jamais. Chang est au service mais le public réserve une standing ovation au vieux grognard qui lève le poing droit pour le remercier. Première balle, faute. Sur sa deuxième, Chang sert à l'extérieur où Connors l'attend. Dans un ultime sursaut d'orgueil je vois le « vieux » se jeter sans retenue dans son revers qui longe la ligne et que Chang ne peut remettre. 0-15. Connors mène mais au lieu de se remettre en jeu, il s'approche d'un pas lourd vers ma chaise.

Le public craint d'avoir compris. Moi aussi. Connors m'apparaît alors incroyablement las, fourbu, au bord de l'épuisement, et quand il me dit qu'il abandonne je vois qu'il n'a plus le choix. Ce que ne savent pas les gens à ce moment précis, c'est que je lui rappelle qu'il n'a pas le droit de jeter l'éponge. Sauf blessure, le règlement estime que le joueur qui quitte le court est passible d'amende pour non-combativité. Un comble en l'occurrence. Il sait que je dois le lui dire et ne s'en offusque même pas. « Je voudrais que je ne pourrais pas. Je ne suis plus capable de continuer. Si tu veux prendre ma raquette, vas-y, moi, j'arrête. »

Sa décision m'émeut profondément et pendant un quart de seconde, je me demande comment annoncer son abandon. Face à cette légende qui est au bout de sa vie, je fais sobre. « Jimmy Connors ne peut continuer la partie. Jeu, set et match, Chang ! »

Le public est debout. Je n'ai jamais assisté à un abandon aussi chaleureusement salué par la foule. Chang vient aux nouvelles, mais c'est surtout l'entrée sur le court de Bill Norris, le kiné de l'ATP, qui fait l'événement. À la façon d'un infirmier du SAMU, il s'entretient rapidement avec son vieux complice et l'accompagne en lui prêtant le bras jusqu'à sa sortie du court. Un dernier salut au Central toujours incandescent et il disparaît des regards. Pour ma part, j'ai vite quitté le court et je m'attends à croiser Connors dans les vestiaires. Mais il n'arrive pas. Dès sa sortie du court, il s'est effondré et il a fallu qu'on le porte vers l'infirmerie où le médecin lui a posé des perfusions. Il restera allongé et bardé de tuyaux et d'oxygène pendant près de deux heures puis mettra plusieurs jours à récupérer de son état d'épuisement et de la blessure au dos qu'il traînait depuis son match marathon contre Ronald Agénor au tour précédent.

Connors, qui s'est imposé dans les trois autres tournois du Grand Chelem, ne remportera jamais Roland-Garros, même si ce jour-là, à trente-huit ans, il a sans doute gagné pour l'éternité le respect du public. De tous les joueurs de mon époque il restera LE combattant ultime. Comme Jimmy Connors, John McEnroe et Pete Sampras se casseront les jambes sur la terre parisienne et ce n'est pas un hasard.

Pour moi, de tous les tournois du Grand Chelem, Roland-Garros est certainement le plus dur à gagner. C'est à Paris, fin mai, que les conditions de jeu sont les plus changeantes et où la surface devient vivante. Gagner sur terre battue demande de la force et de l'endurance bien sûr, mais requiert surtout un entraînement spécial. On ne joue pas sur une terre sèche durcie par le soleil comme sur un court humide où il faut frapper comme un bûcheron pour donner de la vitesse à sa balle. Même des spécialistes de la surface peuvent se retrouver perdus en terre inconnue. Un match en particulier me revient qui illustre parfaitement la cruauté de la terre battue.

J'arbitre, en 1993, un deuxième tour entre Sergi Bruguera et le Français Thierry Champion. Sur le papier, l'Espagnol est largement favori mais les qualités de tacticien et de combattant de Champion peuvent laisser augurer une belle empoignade. C'est le « big match » du jour mais ça va devenir le gros bide du tournoi ! Une heure suffira à Bruguera pour renvoyer Champion aux vestiaires avec dans son sac un 6-0,6-0,6-0 qui lui restera longtemps gravé en mémoire. Jamais je n'ai assisté à un tel naufrage sur un court et aujourd'hui encore le sentiment de malaise que j'ai éprouvé me revient avec précision. Je n'aime pas revoir Champion égaré sur le court, incapable de maîtriser ses courses, ses glissades et venir s'empaler sur les frappes de Bruguera qui, lui-même gêné de la tournure prise par les événements, tentera de faire jouer son adversaire pour lui « offrir » des points. En vain. Plus que par son adversaire, Thierry Champion avait été broyé ce jour-là par l'enjeu et par une surface impitoyable qui ne lui avait pardonné aucune faiblesse.

Pour gagner sept matches d'affilée à Roland-Garros, il faut accepter la frustration et devenir un maître tacticien. Il faut savoir s'adapter aux adversaires mais aussi aux conditions de jeu, se déplacer différemment, et ça, les Américains ont longtemps refusé de le faire. Tout autant par manque de culture du jeu que par manque d'humilité, souvent.

C'est d'autant plus amusant à observer que pour l'arbitrage il en va de même. Arbitrer sur terre demande une technique particulière. C'est un art partagé par les Latins et que les Anglo-Saxons snobent volontiers. Ils n'aiment pas la terre battue qui le leur rend bien, car ils y sont fréquemment assez mauvais. Décrypter une trace demande de l'expérience car c'est une ellipse de plus de dix centimètres de long et il faut déterminer la zone d'impact de la balle et ne pas se laisser abuser par le rebond qui s'est imprimé dans votre rétine et vous incite à la juger faute. Ensuite, en cas de doute raisonnablement avéré, il existe des procédures à mettre rapidement en œuvre. Le défenseur a-t-il été gêné ou arrêté par l'annonce ? Doit-on faire rejouer le point ou non ? Tout doit aller très vite. Il en va de votre crédibilité. Sur dur, si je vends bien mon annonce, personne ne peut me prouver que j'ai tort. En revanche, sur terre, je peux être mis en défaut. C'est le jeu, c'est de l'adrénaline.

Et puis sur terre, il y a le ballet des courses sans fin, l'ocre de la terre qui vous imprime au propre comme au figuré. Pendant la finale 1991, Jim Courier est venu me demander d'aller inspecter une marque sur la ligne de fond de court. C'était relativement amusant et plutôt sympa, car à la fin, il me suppliait même de descendre de ma chaise. Mais j'étais persuadé de mon annonce et je n'ai pas cédé. Finalement cela n'a pas dégénéré, car j'avais sa confiance. Comme je pense avoir su gagner celle de McEnroe, qui, à ma grande et agréable surprise, a tenu à me serrer la main en 1992 alors que je l'arbitrais à Roland-Garros à l'occasion de mon millième match d'arbitre pro. Comme quoi, tout peut arriver…

Pas de toilettes pour Anna K.

À propos d'exigence, une expérience à laquelle j'ai participé en 1993 illustre bien la tension qui peut nous envahir à notre corps défendant dès qu'on se trouve assis sur la chaise.

Quelques jours avant la fin de Roland-Garros, Michel Cymes, qui travaillait alors pour l'émission « Télématin » de France 2, contacte Patrice Clerc pour lui demander s'il accepterait que je porte le jour de la finale un holter relié à des électrodes posées sur ma poitrine afin d'enregistrer les variations de mon rythme cardiaque pendant la rencontre. Et il insiste pour que ce soit pendant la finale, car il avait déjà testé l'expérience avec des arbitres de foot à l'occasion de matches à fort enjeu.

La seule condition que nous y mettons est de ne pas communiquer en amont sur l'expérience et de ne pas en aviser les finalistes, en l'occurrence Jim Courier et Sergi Bruguera. Patrice Clerc et Gilbert Ysern, le juge-arbitre, ne veulent pas que les joueurs s'inquiètent d'éventuelles répercussions de cet équipement sur mon comportement.

Je suis jeune, trente-deux ans, en bonne forme, et mon cœur bat assez lentement. Au repos mon rythme cardiaque est de 65 battements par minute. Le test est d'autant plus intéressant que contrairement aux arbitres de sports collectifs, je suis statique, je n'ai pas à courir. Michel Cymes estimait aussi que, n'arbitrant pas de joueurs français, je ne pouvais pas être psychologiquement impliqué.

Résultat, une heure avant le match mon pouls passe à 85 puis ne redescend jamais au-dessous de 100 pendant l'intégralité de la rencontre. Lors du *toss* et de la présentation des joueurs, mon cœur monte à 130, sans explication possible, sinon l'attention que je mets à masquer l'équipement sous ma veste bien fermée. Finalement, le match se déroule sans aucune anicroche et mon pic cardiaque ne monte qu'une seule fois à 150 sur une balle litigieuse discutée par Jim Courier. Je me souviens d'avoir été surpris par les résultats, car à aucun moment je n'avais ressenti une quelconque pression alors que mon rythme cardiaque de croisière était 40 % supérieur à mes 65 battements habituels.

J'aurais franchement été curieux de connaître l'impact d'un gros accrochage en face à face avec un joueur, ou une situation de public devenu incontrôlable. Par exemple, ai-je frôlé la crise cardiaque en 1998 quand je me suis opposé frontalement à Anna Kournikova ?

Cette année-là je m'apprête à arbitrer ma dixième et dernière finale de Roland-Garros et je suis également juge-arbitre adjoint auprès de Gilbert Ysern. Je cumule les deux vestes. Les huitièmes de finale du tournoi féminin s'éternisent et sur le court central Jana Novotna est opposée à une jeune Russe de seize ans, Anna Kournikova. C'est la future star que tout le monde veut voir et qui réussit un excellent début de match. Elle mène 7-6, mais se fait décrocher au score au début de la deuxième manche. Le problème, c'est que la luminosité est en train de baisser. Il est près de 21 h 30 et on arrive à la limite pour laisser le jeu se dérouler. Novotna mène 4-1.

Je décide de me rendre sur le court pour apprécier la situation et je me place à l'entrée des joueuses, à l'angle des loges. Je tombe à pic puisque l'arbitre de la rencontre, qui lui aussi commence à trouver les conditions limites, me fait comprendre par gestes qu'il s'interroge sur la marche à suivre. Ce que je sais, c'est que les matches ont pris beaucoup de retard et qu'il faut jouer au maximum pour éviter l'engorgement des courts le lendemain. Par gestes à mon tour, je lui fais donc comprendre qu'on continue, c'est encore jouable.

C'est alors qu'Anna Kournikova, qui est très maligne et a déjà beaucoup d'expérience pour son jeune âge, se dirige vers l'arbitre de chaise et lui demande si elle peut se rendre aux toilettes. Or, il existait à cette époque sur le circuit féminin un règlement qui autorisait les joueuses à s'y rendre quand elles le voulaient et autant de fois qu'elles le voulaient – ce qui n'est pas le cas chez les hommes. Personne n'est dupe du caractère dilatoire de la demande. Menée au score, la Russe veut gagner du temps, traîner un peu, et revenir sur le court pour entendre l'arbitre suspendre la partie. Elle a tout à y gagner. Kournikova pose donc sa raquette et se dirige vers la sortie. Franchement, je ne sais pas pourquoi je prends cette décision mais je décide de rentrer sur l'aire de jeu et lui coupe la route. Un peu interloquée, elle s'arrête face à moi et je lui demande ce qu'elle fait. Elle me répond qu'elle a besoin de sortir un instant. Et là, je m'entends lui dire : « Non, vous n'avez pas envie d'aller aux toilettes ! Vous reprenez le jeu. » Elle me fait répéter et je lui confirme qu'elle doit reprendre sa raquette. À ma grande surprise, elle ne bronche pas, fait demi-tour et retourne jouer. Les deux joueuses peuvent disputer deux ou trois jeux supplémentaires quand, cette fois, la nuit interrompt la partie. Je repars au bureau des arbitres où j'explique la situation à Gilbert Ysern. On commence à travailler sur le programme du lendemain pour y rajouter les matches à finir, quand l'entraîneur de Kournikova, sa mère, son agent, la responsable de la WTA (l'organisme qui régit le circuit pro féminin), arrivent dans le bureau. C'est un déchaînement.

Comment ai-je pu aller à l'encontre des règlements ? Qui suis-je pour mettre la santé d'une joueuse en danger ? On me dit que Kournikova, se sentant très mal, est partie à l'hôpital consulter un médecin. L'agent, Mark McCormack en l'occurrence, évoque un procès. Très vite, Patrice Clerc, en tant que directeur du tournoi, arrive pour essayer de déminer le terrain.

Je ne suis pas bien du tout. Je me demande ce qui a pu me passer par la tête pour intervenir. Je pouvais très bien laisser la situation aller au bout, cela n'avait pas d'importance après tout, mais sur l'instant, j'avais éprouvé un sentiment d'injustice. La joueuse filoutait. Personne n'était dupe et surtout pas Jana Novotna, son adversaire. Une fois encore, l'application stricte du règlement débouchait sur une situation injuste. Or, j'étais là pour faire respecter l'équité.

Il est plus d'une heure du matin quand nous quittons avec Gilbert Ysern le stade de Roland-Garros pour nous rendre à l'hôtel Lutetia où nous résidons pendant la quinzaine. Je passe une très mauvaise nuit. Le lendemain, le match reprend et Jana Novotna renverse la partie et s'impose très, très rapidement. Je suis anxieux pour les conférences de presse mais une nouvelle fois je suis très étonné. Même si Kournikova explique qu'elle ne comprend pas pourquoi on l'a empêchée de prendre une pause toilettes la veille, elle n'en rajoute pas, rend hommage à Novotna et quitte assez rapidement la salle d'interview.

Mon soulagement est à la mesure de la véritable « trouille » que j'avais éprouvée. Je m'étais vu remis en cause, sanctionné et empêché d'arbitrer. Finalement, tout allait rentrer dans l'ordre. Mieux, quelque temps plus tard, la WTA modifiait son règlement en ajoutant qu'un arbitre pouvait refuser l'accès aux toilettes à une joueuse s'il suspectait un comportement antisportif, ce qui n'allait jamais être appliqué !

Cinq ou six mois plus tard, alors que j'assiste à une soirée dans un tournoi allemand, je vois sortir d'une voiture de luxe Anna Kournikova au bras de Feliciano López, un joueur espagnol. Habillée d'une robe fourreau, elle est la cible de toutes les attentions. Nous nous retrouvons côte à côte au moment d'entrer dans la grande salle quand elle s'approche. « Vous vous souvenez de moi ? » me demande-t-elle. Je lui précise que le contraire serait difficile. Elle se met à rire et me salue de la main tout en s'éclipsant. Ce soir-là, j'aurais bien aimé porter des électrodes pour mesurer mes battements de cœur, et entendre l'explication de Michel Cymes concernant mon emballement cardiaque.

6.

Wimbledon

So british

Nous venons de sortir de la gare de Southfield. Devant nous, jusqu'aussi loin que portent nos regards, une longue procession qui a commencé à s'ébranler dès le petit matin trace son sillon. Des gens de tout âge, de toute origine et de tout sexe qui s'emboîtent le pas, l'air déterminé et enthousiaste. Rien ne semble pouvoir arrêter ce bataillon bigarré. Certains sont adeptes du ciré ou du Barbour, d'autres, plus optimistes, la jouent plagistes avec leurs shorts et leurs tongs. Un quart d'heure que l'on marche quand nous attaquons Church Road. Sur notre droite, les maisons de briques rouges sont de plus en plus imposantes et cossues. Sur notre gauche, des camps de tentes individuelles, visiblement dressés urgemment, profanent le parcours de golf qui lèche la dernière petite montée.

Nous y sommes enfin. Une autre armée composée de stewards, de *bobbies* et d'agents de sécurité nous attend et nous répartit en groupes distincts. Devant nous, l'enclos sacré, ceint de ses interminables rangées de grilles vertes, absorbe et digère peu à peu la foule calme et respectueuse, qui se dissout dans les allées du All England Lawn Tennis and Croquet Club. Nathalie, ma compagne depuis sept ans, et moi, munis de nos précieux sésames, pénétrons en ce jour de grâce 2023, Wimbledon, le temple du jeu sur gazon.

Je préfère le dire d'entrée, je ne suis pas l'homme le plus anglophile qui soit. Si je suis supporteur du club de foot d'Arsenal, ce n'est pas celui de George Graham, qui me donne envie d'entonner l'hymne des Gunners, mais plutôt celui des Henry, Pires, Viera ou Petit coachés par Arsène Wenger, qui a fait une partie de sa carrière à Monaco.

Cela étant posé, je suis contraint d'avouer que Wimbledon est bien le plus prestigieux tournoi du monde et que la tradition y occupe une part si prégnante qu'elle laisse admiratif. Nathalie n'aura pas besoin de plus d'une journée à sillonner les allées, les bars et les aires de repos du stade pour s'en retrouver imprégnée. Tout concourt à cette impression, les bâtiments fleuris, les courts, les allées, y compris la crème épaisse qui nappe les fraises ou la qualité de la tranche de concombre qui agrémente l'indétrônable Pimm's servis au Championships.

Indécrottables, sans doute, mais diablement efficaces ces Anglais qui poussent le trait jusqu'à marier le violet et le vert – les couleurs officielles de Wimbledon – jusque dans l'agencement des innombrables parterres de fleurs. Et que dire des bâches de court où seuls les logos épurés de Slazenger trouvent leur place, et des grandes pendules Rolex qui vous rappellent que vous vivez un moment d'éternité ? Moi qui ai connu l'une de mes premières grandes émotions en pénétrant la Scala de Milan, je retrouve un peu de cette magie dans ce stade unique, où on se laisse subjuguer par la classe des joueurs, tous vêtus de blanc, et le bruit feutré des balles qui rebondissent sur la moquette de gazon.

Tout cet ordonnancement s'explique en fait par la gouvernance unique de ce tournoi. Des quatre majeurs, Wimbledon est le seul à être géré par un club privé, le AELTC[1], qui depuis 1879 organise The Championships. Cette stabilité lui a permis de se projeter dans le temps pour investir dans le foncier et s'étendre toujours un peu plus hors de ses limites premières dans un des secteurs les plus huppés de Londres. Hectare après hectare, Wimbledon, qui a aussi acquis le golf adjacent pour se mettre encore plus à l'aise, a pu construire un écrin à la hauteur de ses aspirations. Comparée, l'emprise de Roland-Garros ferait presque penser à un square de quartier. Enfin, contrairement aux autres tournois du Grand Chelem qui sont organisés par les fédérations australienne, française et américaine qui ponctionnent une partie non négligeable des bénéfices générés, les énormes profits de Wimbledon ne

1. *All England Lawn Tennis and Croquet Club.*

servent qu'à financer le développement du stade et à améliorer le quotidien des fameux *members*. Wimbledon, c'est du sport, de la tradition, mais avant tout une formidable pompe à fric !

Pas étonnant, dès lors, que le tournoi se déroule à guichets fermés année après année et que seules 2 000 places quotidiennes sont mises en vente aux plus courageux qui patientent des nuits entières dans leur tente pour faire l'ultime queue et obtenir leur passeport pour l'histoire. D'où le fameux badge « *I queued at Wimbledon* » qui atteste que vous êtes un féru parmi les férus.

Pour quelqu'un qui se dit peu anglophile, vous me trouvez sans doute étonnamment élogieux et admiratif. Et encore, je n'ai pas évoqué tous ces bénévoles détachés par des grands corps de la nation qui sont utilisés comme ouvreurs, sur et aux alentours des courts. Revêtus de leurs uniformes d'apparat, ce sont des militaires, parachutistes, aviateurs ou pompiers qui régulent, martiaux, les allées et venues dans les gradins ou qui vous placent sur le Centre Court, ou le court n° 1.

Et qui peuvent aussi seconder les stewards du club qui régulent avec un zèle affirmé les portes d'entrée du stade. Je me souviens ainsi d'une scène qui ne pourrait avoir lieu nulle part ailleurs. Il est 8 h 55, je suis à proximité de la porte n° 5, réservée aux seize meilleurs joueurs du tableau. Arrive Stefan Edberg, l'un des prétendants au titre. Alors qu'il s'apprête à franchir les grilles, le cerbère en position s'interpose et informe le Suédois que les portes n'ouvrent qu'à 9 heures. Le Suédois n'en prend pas ombrage mais explique à son interlocuteur que sa seule présence sur le trottoir va bientôt poser problème. Le contrôleur ne cède pas, même lorsqu'une nuée de fans avides d'autographes se précipitent sur Edberg et bouchent toute la zone d'accès. Il faudra une escouade de renfort pour pacifier le périmètre et permettre au joueur de pénétrer dans le stade.

Lorsque je raconte, un peu plus tard, cette anecdote à mon ami Patrice Clerc, directeur de Roland-Garros, il feint de s'étonner de mon agacement : « Ce sont des génies, m'explique-t-il amusé. Ils ont tout prévu, tout écrit dans le règlement. Presque tout est interdit et tout le monde est au courant. Quel confort, j'en rêve ! »

Bon nombre d'us et coutumes du lieu peuvent paraître risibles, voire franchement insupportables. Insupportable étant aussi l'adjectif le plus approprié pour qualifier les tenues imposées aux arbitres. Pendant une douzaine d'années, j'ai dû porter la même veste en laine verte mal coupée, la même chemise en polyester blanc crème, le même pantalon tergal trop large, et les mêmes foutues chaussettes en nylon qui se mariaient si bien avec l'horrible cravate *green forest*. J'ai passé douze années de ma vie à transpirer et à me gratter dès l'apparition du plus petit rayon de soleil. Et l'habit n'est pas le seul accessoire de torture que les législateurs du AELTC ont inventé pour rendre leurs arbitres bien plus féroces qu'ailleurs.

Encore plus inconfortable que la veste de Wimbledon, il y a la chaise d'arbitre de Wimbledon qui, sous ses aspects de Rolls des courts, n'est rien d'autre qu'un condensé de trouvailles machiavéliques. D'abord il faut gravir les marches abruptes du mastodonte à roulettes et parvenir à se glisser sous le petit auvent qui est censé vous abriter des affres du soleil. Ce n'est que lorsque le jeu démarre que vous vous apercevez qu'il n'est pas si aisé de remplir sa feuille d'arbitrage avec un moteur qui fait régulièrement trembler tout l'édifice. Car à Wimbledon il a été décidé d'intégrer aux chaises des réfrigérateurs pour tenir au frais les boissons des joueurs. Et comme tous ces engins, a fortiori lorsqu'ils sont utilisés à l'air libre, se remettent régulièrement en route, ils ne cessent de ronronner et brouter ! Je vous vois déjà penser que j'exagère. C'est que vous n'avez pas été confronté aux micros de Wimbledon !

Normalement le micro est installé sur ou à côté de votre écritoire et vous n'avez qu'à vous pencher pour parler et faire vos annonces. Trop simple pour Wimbledon. Ici, le micro est suspendu au petit auvent évoqué précédemment. Le problème est que, pour être efficace, il doit se trouver à portée de la bouche, ce qui le place alors en plein dans le champ de vision ! On a donc raccourci le micro, ce qui oblige tous les arbitres à se soulever les fesses à chaque annonce pour être correctement entendus.

Pourtant, sans en devenir amateur, je me suis progressivement habitué à l'arbitrage très particulier sur herbe.

Ici, pas de traces comme sur la terre battue, mais lorsque les balles prennent les lignes on voit, à l'expérience, la craie gicler à l'impact. Cela fait office de juge de paix. Encore faut-il rester très concentré car le jeu de service-volées – trop sommaire à mon goût mais communément adopté sur gazon – ne permet pas la moindre saute d'attention.

Je pourrais ainsi allonger à l'envi les particularismes liés à ce lieu unique. Le cours de « maintien » que je reçus avant de pénétrer pour la première fois sur le Centre Court me reste en mémoire. Et je peux vous dire que, malgré mon expérience glanée dans les plus grands tournois, jamais ma chemise en polyester ne m'a autant démangé que lorsque je suis entré seul sur le Centre Court, que je me suis tourné pour saluer la Royal Box et que j'ai attaqué par la face la plus exposée à tous l'ascension de ma foutue chaise d'arbitre. Une expérience à la fois dérisoire et magique, car unique.

À la décharge de nos amis anglais, qui nous apparaissent toujours comme particulièrement rigides, il est quand même un élément, indépendant de leur volonté, qui joue un rôle primordial à Wimbledon dans le bon déroulement de la compétition : la pluie !

Enfin, en bon Niçois, je dis la pluie pour caractériser de l'eau qui tombe à la verticale des nuages et qui mouille le sol, mais pour un *Brit* il existe plusieurs sortes de pluies, qui vont de la plus acceptable, quand il faut coûte que coûte terminer un match avant la nuit, à la plus redoutable, celle qui signifie l'arrêt immédiat des parties. Dans ce cas, on estime que l'herbe devenue trop glissante peut provoquer des chutes éminemment préjudiciables à l'intégrité… du gazon. Ce qui est bien évidemment inenvisageable en ces lieux et explique la mise en place d'une *task force* unique et implacable. Alors qu'à Melbourne, Roland-Garros ou Flushing Meadows, ce sont les ramasseurs de balles qui se chargent du bâchage des courts, à Wimbledon cette tâche est déléguée à une armée d'hommes triés et entraînés des semaines durant à démonter en un temps record le filet, à déménager la chaise d'arbitrage et à recouvrir le court d'une bâche de plusieurs centaines de kilos. Le temps d'intervention est jugé si capital que toute éventuelle bavure de ces forces spéciales des courts est couverte par l'organisation. Et tant pis si un ramasseur de balles, trop lent, un « lignard », trop vieux, ou un arbitre, trop distrait, y laisse une cheville, un genou ou une épaule !

À cet égard l'édition 1991 reste fameuse. En ce premier lundi de tournoi, le plafond nuageux est des plus bas et les prévisions météo ne sont pas bonnes pour les jours à venir. Pour son entrée en lice, Lendl, l'un des grands favoris pour le titre, est opposé à un bon joueur de gazon, le Néo-Zélandais Kelly Evernden qui a la particularité, lui, de n'avoir qu'un poumon. Le match est prévu sur le court n° 13. À midi, je lance la partie mais après six ou sept jeux je dois l'interrompre en raison de la pluie. On ne rejouera pas de la journée. Le mardi, tout le monde est convoqué même si on sait que l'on ne jouera pas. Le mercredi, petite éclaircie. Lendl en profite pour gagner le premier set et se détacher dans le deuxième quand les averses viennent arrêter le jeu.

Cela devient pesant. Dans les vestiaires, les coursives et chez les arbitres, c'est la déprime. Les journées sont d'autant plus longues que le juge-arbitre garde tout le monde sous pression. Les parties ont pris un tel retard que la moindre éclaircie pourrait être utilisée pour faire jouer le maximum de jeux possible. Nous sommes jeudi et la pluie a décidé de redoubler. Tous les matches sont à nouveau annulés. Dans les travées, le public reste malgré tout stoïque et, bien que privé de matches, savoure le privilège d'arpenter les allées et les aires de restauration du stade. Je suis sidéré du spectacle offert par ces centaines de personnes qui, sous une pluie battante, attendent je ne sais quoi, se réchauffent de thé bien chaud et acceptent de danser avec entrain « Singing in the rain » devant des caméras de la BBC forcément conquises.

Arrive le vendredi. Les images météo sont enfin optimistes. On va pouvoir reprendre le jeu mais une information de taille me cueille : on va jouer le surlendemain ! Pour la première fois de l'histoire de Wimbledon, soit plus de cent ans de traditions, le dimanche intermédiaire verra des matches se disputer sur tous les courts du stade. Le retard pris est si important qu'il va falloir enchaîner les rencontres à marche forcée. Résultat, alors que j'ai déjà le moral dans mes chaussettes de nylon, je ne vais pas pouvoir bénéficier d'un jour de congé et me rendre à Londres pour me changer les idées. J'ai l'impression de cheminer dans un long, long tunnel blafard. Seule bonne nouvelle tombée dans la journée : les matches de doubles vont se disputer en trois sets au lieu de cinq jusqu'aux quarts de finale. Toujours ça de pris.

Pour autant, il convient de finir ce Lendl-Evernden, commencé il y a cinq jours. Le match reprend dans une ambiance de jour sans fin, et au milieu du troisième set, alors qu'il est mené deux manches à rien, Kelly Evernden enchaîne les fautes non provoquées et s'incline 6-2, 7-5, 7-6. Pour la petite histoire, les organisateurs ont mesuré, le dimanche matin, la queue formée par tous les amateurs de billets : les archives officielles du club indiquent 1,5 mile, soit 2,4 kilomètres !

Lors d'une autre édition, la pluie me donna cette fois l'occasion de jauger l'impayable humour – pas toujours facile à décoder, il est vrai – d'Ivan Lendl. Non content de se nourrir de ses succès sur le court, et il en a collectionné, le Tchèque, naturalisé américain en 1992, a passé sa carrière à prouver qu'il était le meilleur partout et dans tout. Il fut le premier à prôner une diététique stricte alliée à une hygiène de vie exemplaire, et vis-à-vis des arbitres il a toujours mis un point d'honneur à connaître les règles au moins aussi bien qu'eux. Pour en profiter, sans doute, mais surtout pour flatter son inextinguible besoin de domination. Autant dire que pour moi, qui ai constamment entretenu un rapport détendu au règlement, il a toujours représenté une menace.

Mais il arrive parfois que les échanges prennent une autre tournure.

La journée est pourrie et les prévisions météo sont une nouvelle fois inquiétantes. Le juge-arbitre me prévient qu'il a décidé de décaler le match d'Ivan Lendl, prévu initialement sur le n° 1, et de le lancer sur un plus petit court, le n° 12. La partie débute, les échanges se succèdent jusqu'à ce qu'une balle, tapée d'un court mitoyen, vienne interrompre le point disputé. Lendl se saisit de la balle au bond mais il ne sait pas d'où elle a été tapée. Il me la montre. Je lui dis : « Ivan, je crois qu'elle vient du court n° 8. » Il me regarde, adopte son sourire le plus carnassier et me dit : « Le court quoi ? Mais tu sais qui je suis ? » Ne sachant pas où il veut en venir, j'insiste : « Bien sûr, mais cette balle provient du 8 », et lui d'enchaîner : « Mais tu me dis le court 8, je ne sais pas de quoi tu parles… je n'ai jamais été sur le court 8. » Comme si quelqu'un avait un jour osé envoyer M. Ivan Lendl jouer « à la campagne » sur ce misérable court n° 8.

La claque

Au-delà de tous ces matches et mésaventures plus ou moins cocasses, mon expérience à Wimbledon restera bien évidemment marquée par le match Tarango-Mronz qui me propulsera, bien malgré moi, à la une de tous les journaux, y compris du *New York Times*.

Nous sommes le 1er juillet 1995 et je suis désigné pour arbitrer sur le court 13 un seizième de finale entre l'Allemand Alexander Mronz, 117e joueur mondial, et Jeff Tarango qui est américain et pointe à la 80e place ATP. C'est un match qui s'annonce indécis car les deux joueurs ont toujours échoué à se qualifier pour les huitièmes de finale en Grand Chelem. Il y a beaucoup de points de classement en jeu, pas mal d'argent et de prestige aussi. Un huitième, cela veut dire que tu joues en deuxième semaine dans un tournoi majeur. C'est un palier important dans la carrière d'un joueur.

Mronz est un type plutôt agréable qui se comporte bien sur le court, ce qui n'est pas franchement le cas de Tarango. On le connaît tous et il a la réputation d'être très difficile à canaliser. Sur le circuit on le surnomme « Psycho ». Pour autant, c'est un garçon assez brillant qui a suivi des études à Stanford. Autre caractéristique du match, les deux joueurs partagent leur vie avec une Française.

Nous arrivons sur le court et immédiatement Tarango, sans même me saluer ou prendre le temps d'ouvrir son sac à raquette, me demande d'appeler le superviseur. J'appelle avec mon talkie-walkie Stefan Fransson qui, malin, traînait déjà dans les parages. D'entrée, l'Américain lui indique, sans autres détails, qu'il ne veut pas de moi sur la chaise et lui demande un autre arbitre. Bien évidemment, Fransson n'accède pas à sa requête.

Le ton du match est donné. Mronz gagne le premier set au *tie-break* et mène 2-1. Sur son service, Tarango est en difficulté et sert ce qu'il pense être un *ace* mais le juge de ligne voit la balle faute. Pour ma part, je la vois plutôt bonne et j'*overrule*, mais je ne lui donne pas le point. Juste deux services à jouer. Immédiatement, Tarango se met à hurler : « Non, non, c'est un *ace* ! J'ai vu ça un million de fois à télé, c'est un *ace* ! » Forcément, sur le point suivant il commet une grosse faute en revers : 15-40. Le public anglais, jusque-là assez tranquille, et qui est très proche des joueurs sur ce court, entre alors en scène et apostrophe Tarango. Ça crie dans tous les sens, ce qui n'est pas du goût de l'Américain qui se met à son tour à aboyer : « Fermez-la, fermez-la ! »

Je sens Tarango monter en température, mais je me dois de l'avertir. Ce qui induit une première sanction dans le code de conduite. Le rappel au règlement ne calme pas l'Américain : « Comment se fait-il qu'ils puissent me dire ce qu'ils veulent, eux ? », et de pointer les gradins avec sa raquette. « Appelle le superviseur, j'ai beaucoup à lui dire. » Cette fois, je refuse d'appeler Fransson, que je sais pourtant à proximité. Il en va de mon autorité sur le match. Les secondes s'égrènent, très longues quand même, mais Tarango semble avoir repris ses esprits, la tension générale est bien retombée jusqu'à ce qu'il me dise : « Tu es l'arbitre le plus corrompu du tennis et tu n'as pas le droit de faire ça ! »

Accusé frontalement, je ne peux que lui donner un point de pénalité. Problème, ce point donne le jeu à Mronz qui fait le break, bien malgré lui, et mène désormais 3-1. Furieux, Tarango fonce vers sa chaise et crie : « Ce n'est pas possible, j'arrête ! », se saisit de son sac et quitte le court sous les sifflets du public. C'est la première fois que j'assiste à une auto-exclusion. Je suis interloqué par l'issue de la partie et je ne sais trop quoi annoncer sinon : « Jeu, set et match, Alexander Mronz. »

Je rassemble mes affaires, quitte le court et me dirige vers le bureau du juge-arbitre, Alan Mills, où je dois rendre ma feuille d'arbitrage. Au fond de moi, connaissant « l'animal », je pressens que cela va tanguer. Devant moi, un attroupement s'est déjà formé devant la porte d'Alan Mills. Il y a les badauds habituels mais aussi quelques journalistes. Lorsque je tente de fendre la foule, je vois une femme toute de blanc vêtue surgir face à moi. C'est Bénédicte, l'épouse de Jeff Tarango. Sans un mot, elle me regarde dans les yeux, m'adresse une violente gifle qui m'atteint au niveau de la tempe et disparaît. J'accuse le coup et rentre promptement dans le bureau où je m'assois sur la première chaise qui s'offre à moi.

L'ambiance est assez pesante, nous entendons tous que des gens au-dehors, sans doute des journalistes, s'agglutinent. Arrive Stefan Fransson avec qui nous regardons sur le circuit interne de télévision la conférence de presse que donne Tarango. Il n'a pas traîné et reprend devant les journalistes le soliloque qu'il avait entamé sur le court : « Je ne voulais pas être arbitré par Bruno Rebeuh car c'est un mec corrompu qui a déjà arrangé des matches. Il est copain avec les Français et a dit à deux jeunes femmes, à Toulouse, que Marc Rosset était un ami personnel depuis qu'il lui avait donné des matches. » La presse tente de le faire parler mais l'Américain ne donne aucun autre détail, ni n'argumente ses accusations. Bénédicte, l'épouse, entre alors en scène et révèle à l'auditoire qu'elle m'a giflé. « Oui, je l'ai fait parce que cet homme mérite une leçon. » Le couple quitte ensuite prestement l'interview.

À quelques encablures de là, nous sentons tous que l'affaire prend des dimensions hors normes. De plus nous sommes un samedi, ce qui veut dire que le feuilleton occupera idéalement le week-end « off » à Wimbledon. Alan Mills décide alors de m'exfiltrer au plus vite du stade pour m'éviter de réagir à chaud et de devenir la cible de la presse tabloïd anglaise qu'il connaît parfaitement. Et c'est comme dans un film policier que je quitte dans une voiture banalisée le plus discrètement possible Wimbledon, direction le centre de Londres et l'hôtel Hilton ou je réside. Lorsque j'arrive dans ma chambre, je m'écroule sur mon lit. Je suis rattrapé par la succession d'événements que je viens de vivre. Presque immédiatement, Fransson et Bill Babcock, le grand patron de la FIT, me rejoignent et m'assurent de leur soutien total. Ils connaissent bien Tarango et ne lui portent pas une grande estime. Tout de suite, Babcock me met le marché entre les mains. « Bruno, on te croit, sois-en certain. Mais maintenant il faut contre-attaquer et tu as deux options possibles. Soit tu décides de porter plainte pour diffamation, l'affaire va au tribunal et nous te fournissons un avocat. Soit tu laisses la juridiction sportive se charger du dossier et c'est la Fédération internationale qui instruit l'affaire. Sache juste que si tu vas au civil, les avocats de Tarango vont fouiller dans ta vie et trouveront sans doute que tu as, un jour, joué au tennis avec des Français ou que tu es allé manger dans le même restaurant. » Je n'ai pas besoin de trop réfléchir pour les informer que je les laisse s'occuper du dossier.

Lorsqu'ils me laissent seul, malgré leur implication, je suis en état de panique. Fini l'abattement, j'ai les nerfs à fleur de peau et je vois ma carrière s'arrêter là. J'ai beau me refaire le film des événements, je ne comprends pas ce qui m'est tombé dessus.

Vont suivre vingt-quatre heures de délire complet. Le téléphone sonne en permanence mais je ne décroche pas. Les consignes sont simples : tu te fais le plus discret possible et tu ne parles à personne. Ça tombe on ne peut mieux, moi qui suis habituellement plutôt hâbleur, je n'aspire qu'à une chose, cette fois, rester seul. Même l'idée d'appeler un proche comme Patrice Clerc ne me traverse pas l'esprit. Et je regarde, halluciné, la télé. J'ai beau zapper toutes les chaînes, je vois ma tête partout. Sur la BBC, sur CNN, sur Sky… On parle de corruption, de matches achetés, c'est tout juste si je ne suis pas devenu l'ennemi public n° 1 et si l'on ne m'a pas découvert un passé d'agent russe infiltré. En début de soirée, pourtant, un message m'informe à ma grande stupéfaction que j'ai été désigné pour arbitrer le lendemain midi le match phare des huitièmes de finale, le choc Sampras-Rusedski. Il est précisé qu'une voiture va venir me chercher et me conduire en toute discrétion à Wimbledon.

Ce que j'apprendrai, plus tard, c'est que la décision de me choisir a été prise par John Curry, le président de Wimbledon. En agissant ainsi, il voulait m'assurer de sa confiance et surtout affirmer la force de l'institution Wimbledon. En creux, si Wimbledon m'a choisi, c'est que je suis le meilleur pour arbitrer et si je suis le meilleur, Tarango est forcément un menteur. Malgré tout, je ne dors pas très bien. Lorsque j'arrive dans les coursives du Centre Court lundi midi, je fais une petite poussée de parano. J'ai l'impression que tout le monde n'attend que moi. Il faut dire qu'au sortir de ma chambre les journaux accumulés devant ma porte m'ont tous mis à leur une. En réalité, le public attend surtout le Canadien Greg Rusedski, qui pourrait bientôt opter pour la nationalité britannique et défendre ainsi les chances du tennis anglais bafoué depuis des lustres. Mais je dois être un peu blanc aussi. Est-ce ce qui intrigue Rusedski ? Il me glisse, juste avant d'entrer sur le court : « Bruno, ne t'inquiète pas. On est avec toi ! » Pour être franc, je ne me souviens plus trop du déroulement du match, si ce n'est que Sampras s'est imposé en trois sets.

Nous sommes le lundi, il reste une semaine à tenir et Alan Mills n'entend pas me mettre au repos ni me renvoyer chez moi. C'est pourquoi je vais encore arbitrer jusqu'au jeudi. Comme convenu, je me fais le plus petit possible et, contrairement à mes habitudes, ne traîne pas au stade. J'ai droit à une voiture du tournoi pour assurer mes déplacements. Ce qui est très surprenant, c'est que j'arrive à échapper à tous les journalistes qui cherchent à m'interroger. J'évite le pire, et peu à peu je retrouve un peu de sérénité. Je sais que je n'ai rien à me reprocher et j'ai confiance dans ma hiérarchie. Si elle avait voulu me faire payer mon franc-parler et ma façon d'arbitrer peu conventionnelle, elle se serait saisie de l'occasion pour me lâcher. Or tous les jours elle me prouve que ce n'est pas le cas. Je reprends du poil de la bête et comme pour me conforter dans ma position je me dis que, de toute façon, je suis bien meilleur arbitre que lui n'est joueur de tennis. On ne se refait pas ! Visiblement, seuls quelques Américains, dont Aaron Kriskstein qui est un ami de Tarango, le soutiennent. À ma connaissance, l'unique joueur à s'être ouvertement « mouillé » est Arnaud Boetsch qui a appelé le patron de l'ATP, Mark Miles, pour se faire mon avocat. Je ne l'oublierai jamais. J'ai aussi de la chance côté agenda. Au lieu d'enchaîner tout de suite par un tournoi où je devrais sans doute répondre à de multiples sollicitations, je pars très loin assurer une rencontre de Coupe Davis à New Delhi. Une bonne bouffée « d'air frais » sous la chaleur indienne.

Si je me souviens bien, l'ITF n'a pas tardé à entendre Tarango. Incapable d'étayer ses accusations de preuves, il fut condamné à 63 000 dollars d'amende – la plus importante alors infligée à un joueur –, à deux ans de suspension de tournois du Grand Chelem et dut s'excuser publiquement auprès de la Fédération internationale et de moi-même. Psycho, mais pas fou non plus, Jeff Tarango ne tarda pas à présenter ses excuses à la FIT, ce qui lui permit de voir sa suspension ramenée à une seule exclusion de Wimbledon en 1996. Personnellement, j'attends toujours de ses nouvelles. Enfin, pas vraiment.

Je l'ai souvent recroisé par la suite sur des tournois mais ne l'ai bien évidemment plus jamais arbitré. Nous avons sans doute décidé tous les deux de nous ignorer et sommes finalement restés les meilleurs ennemis du monde.

7.

L'US Open

Décollage vertical en Jimbo jet

Cela fait quatre ans que j'arbitre à Flushing Meadows, mais jamais comme ce 5 septembre 1991 au soir je ne me suis senti aussi impatient et effrayé de retrouver le Louis-Armstrong. Il est 21 heures passées ; je suis dans l'antichambre du Central où plus de 24 000 personnes crient leur impatience, attendant Jimmy Connors, et accessoirement Paul Haarhuis, son adversaire, pour ce quart de finale, ainsi que moi, Bruno Rebeuh, revêtu de la traditionnelle tenue d'arbitre rayée noir et blanc, qui me donne une allure de bagnard. Dans cette chambre d'appel plutôt blafarde où des câbles et des appareillages électriques jonchent le sol, nous attendons de pouvoir pénétrer dans l'arène qui a vu Jimbo renaître au tour précédent.

Le stade, New York, le monde, ont vu et revu les images qui me trottent à ce moment dans la tête. Le jour de son trente-neuvième anniversaire, trois jours plus tôt, l'Américain redescendu au tréfonds du classement a botté le cul d'Aaron Krickstein en cinq sets au terme d'un combat incandescent.

Lui que l'on croyait voué à une élimination certaine a tout explosé pour s'offrir le plus beau cadeau qui soit et à ses victimes la fin la plus cruelle possible. À commencer par Krickstein qui a déclaré après la rencontre que de chasseur il était devenu gibier et que Connors l'avait tout bonnement achevé sur le court, mais aussi l'arbitre de la rencontre, David Littlefield.

Les images qui sont repassées en boucle à la télévision depuis plusieurs jours sont comme imprimées dans mon cerveau. Je revois Littlefield *overruler* ce smash de Connors, qui lui fait perdre un point précieux, et Jimbo venir en transe au pied de sa chaise lui intimer l'ordre d'en descendre. « Tu n'as même pas vu cette putain de balle ! Je suis là à me bouger le cul à trente-neuf ans et tu me sors cette merde ? Descends de cette chaise. »

J'entends encore les 24 000 spectateurs pousser, hurler et agonir Littlefield qui ne s'en remettra jamais. On ne touche pas impunément à une icône, a fortiori à Flushing ! Et je suis là à pénétrer sur ce Central toujours vibrant pour engager la suite de l'histoire avec Connors sur les talons. Ce même Connors qui, trois jours plus tôt et ému aux larmes, s'était vu offrir par « le peuple » du Louis-Armstrong un assourdissant et bouleversant « *Happy birthday, Jimmy* ».

L'anxiété a disparu pour laisser place à la concentration et à une forme de plaisir animal. J'ai toujours voulu arbitrer ce type de match, et ce soir je suis servi. Je sais qu'en cas de dérapage ou d'erreur, mon code de conduite me servira autant pour arrêter Connors qu'une tapette à moustiques pour stopper un buffle en pleine course. Et le public n'attend que ça. C'est le jeu à l'US Open. Ici, on n'est pas à Wimbledon, pas même à Roland ou à Melbourne, les gens veulent du sang. À se demander si l'on n'a pas relégué ce stade au fin fond du Queens pour éviter que cela ne fasse tache aux abords de la très convenue 5th Avenue.

Ce soir, l'histoire est sensiblement différente. Jimbo n'a pas en face de lui un jeune compatriote aussi ambitieux que dangereux, mais un gars solide. Un peu effacé aussi, mais classé n° 1 mondial en double, et 46e en simple, Paul Haarhuis représente l'adversaire le plus compliqué à jouer pour Connors. Au talent il est devant, mais ses jambes et son bras gauche blessé pendant un an commencent à grincer. Pour l'ego de Jimbo, la défaite, même si elle est pronostiquée par les bookmakers, ferait très mal.

Le match démarre sur un faux rythme. Haarhuis pose le jeu mais Connors se montre incapable de hisser le niveau du sien hormis sur quelques accélérations trop sporadiques. Il est méconnaissable car plutôt calme. Au fond de lui, il sait qu'il peut gagner et cette perspective semble l'inhiber.

Sur ma chaise, je n'ai pas à intervenir. Ou seulement par séquences afin de rappeler à l'ordre un parterre de yuppies fin bourrés et qui réclament en vain de la bagarre. Le public a beau l'exhorter à sortir la hache d'abordage, le premier set est empoché tranquillement par le Néerlandais. Dans la deuxième manche Haarhuis garde le cap et ne desserre pas son étreinte jusqu'au dixième jeu. Moi qui ai encore le souvenir de son match épique contre Michael Chang à Roland-Garros, trois mois plus tôt, je ne reconnais pas Connors, et j'en suis triste.

Haarhuis qui a fait le break sert à 5-4. Autant dire que s'il remporte son engagement et mène deux manches à rien, le match est plié. À 30A, Connors sort de son sac un retour gagnant. Première balle de break de la partie pour l'Américain. Il n'en fallait pas plus pour réveiller l'assistance. Sur ma chaise, je me retrouve en une fraction de seconde submergé par le souffle du stade qui dévale par vagues successives les falaises de béton. Ça y est, j'y suis !

Sur la première balle d'Haarhuis, Connors retourne au centre et pousse son adversaire à venir volleyer très long. Connors est presque dans les bâches et doit sauter pour frapper un premier *lob* de défense accompagné par tout le public. En grand spécialiste du double, le Néerlandais doit finir, il est idéalement placé dans le carré de service. Mais il s'applique trop et remet un smash poussif. Trois fois, acculé dans les cordes, Jimbo lui remet la même balle et trois fois Haarhuis ne peut faire mieux que de laisser à Connors les clés de l'échange.

Sur le quatrième smash, l'Américain, entré dans le court, frappe un premier passing de revers qui semble gagnant mais qu'Haarhuis sauve à la volée dans les hurlements de la foule. Le sursis est de courte durée. Connors a vu la balle courte, les spectateurs aussi qui semblent accompagner de leurs encouragements la course du Jimbo vers l'avant. Dans sa position caractéristique, jambes fléchies et raquette haute, il engage alors tout son corps dans le revers et crucifie Haarhuis d'un *passing* long de ligne imparable. Point, jeu, break annulé et explosion nucléaire !

Trente-cinq ans après, je revois encore cette balle fuser dans mon champ de vision comme je ressens toujours physiquement la déflagration qui l'accompagna. Jamais avant cela, et plus jamais après, je n'ai entendu un tel bruit dans un stade. J'ai presque craint qu'une partie des gradins ne s'écroule.

Ce qui ne déplairait sans doute pas à notre furieux qui se précipite alors en bordure des loges et harangue à trois reprises, poing tendu, raquette brandie et regard halluciné, la foule qui chavire. Je suis à dix mètres de lui et l'énergie qui se dégage de tout son corps m'irradie. J'ai la chair de poule mais l'arbitre que je reste remplit sa feuille d'arbitrage et annonce : « Jeu Connors, cinq jeux partout. » Personne n'entend, tout le monde s'en fout mais je savoure un moment unique. Derrière le flegme que je dois arborer, j'exulte. Sur ma chaise, je viens sans doute d'assister au point le plus furieux de ma carrière. Je le confesse, à cet instant je suis son fan n° 1. Personne n'a pu le suivre comme moi et je sais que ce pauvre Haarhuis, lui, vient de perdre le match à la seconde même. La mise à mort sonore dure longtemps mais, miséricordieux, je fais de mon mieux pour rétablir le calme afin de permettre au Néerlandais de « partir » le plus paisiblement possible. Le set plié au *tie-*

break, Connors s'impose de fait 4-6, 7-6, 6-4, 6-2. Pour la quatorzième fois de sa carrière, James Scott Connors, le mal élevé, atteint les demi-finales de SON tournoi !

Encore aujourd'hui, quand mes enfants ou des amis me demandent ce qui m'a poussé à devenir arbitre, je me connecte sur YouTube et leur fais regarder les images de Connors. Les frissons sont toujours au rendez-vous.

À l'occasion de cet US Open de folie, un journaliste américain a été interroger le très élégant Arthur Ashe pour lui demander s'il pensait toujours que Connors était encore un « *asshole* » (« trou du cul »), comme il l'avait déclaré quelques années plus tôt. Ashe ne se déroba pas : « Toujours, mais désormais c'est mon trou du cul préféré. »

Comble de l'ironie, le central Louis-Armstrong – forteresse de Jimmy Connors – sera rebaptisé Arthur-Ashe en 1997, juste après le décès du premier joueur noir vainqueur en 1968 de l'US Open.

Le « coup » de conscience

Il en va ainsi de l'US Open que j'ai découvert dès 1988. C'est le Grand Chelem le plus magnétique, celui où le vulgaire se transforme en sublime, où la chaleur humide est terrible, où les conditions de jeu sont exécrables, mais où l'âme et la mentalité des joueurs se révèlent.

À Melbourne, Paris ou Wimbledon, on va voir du tennis. On y partage l'histoire du jeu et on y perpétue les traditions qui s'y attachent. À Flushing on va à la castagne, comme disait Claude Nougaro. Là, tout est plus grand, plus tape-à-l'œil. Ça pue le hot-dog et le hamburger brûlé. Les avions qui décollent de LaGuardia et survolent régulièrement le stade rendent les conversations impossibles. Et les joueurs d'ordinaire si sourcilleux sur le silence ne la ramènent pas.

Pour moi, comme pour beaucoup de gens de ma génération, Flushing Meadows a toujours été un endroit mythique, presque cinématographique. Les premières années, je profite de mes moments de repos pour arpenter le bitume et courir les revendeurs libanais de matériel électronique à Brooklyn. De retour à Nice, je peux jouer les caïds avec mes répondeurs téléphoniques, mes walkmans et mes Nike passés en douce à la douane. Puis, m'embourgeoisant un peu, je me mets à découvrir Broadway pour assister à des comédies musicales ou fréquenter le légendaire Blue Note, un club de jazz près de Washington Square.

Pendant toutes ces années, l'organisation nous loge à l'hôtel Summit sur Lexington Avenue. C'est central et parfait pour sillonner la ville, mais c'est aussi très éloigné de Flushing et l'US Open me rappelle encore d'interminables trajets de bus ou de métro où je vois défiler nuitamment les quartiers pas très reluisants qui peuplent les séries policières marquées NYPD. À New York, j'ai aussi l'impression que les acteurs du jeu sortent plus, profitent davantage de la ville. Les adresses se partagent et moi j'ai la mienne.

Chez Jacqueline dans Greenwich Village. Même à plus de 6 000 kilomètres de chez moi je trouve Titou, un Niçois comme moi, qui possède deux restaurants à New York. Le Gascogne et Jacqueline, une table où je me rends sinon tous les soirs, en tout cas le plus souvent possible et toujours le 27 août ! Pourquoi ? Parce que c'est le jour de mon anniversaire et que Titou, en patron éclairé et ami fidèle, en profite pour y convier chaque fois les mannequins de l'agence Elite avec qui il est en affaires. Un rituel qui peut sembler assez balourd mais qui deviendra, au fil des ans, un rendez-vous important pour tous les participants.

Pendant la quinzaine de l'US Open, tout ce qui brille et tous les gens qui comptent à New York se rendent à Flushing Meadows. Ce qui fait de ce tournoi un événement encore plus particulier pour tous les médias, à commencer par la télé qui dépense des sommes astronomiques pour le diffuser. En retour, jamais et nulle part ailleurs je n'assiste à une telle mainmise de la télévision sur le fonctionnement d'une compétition.

Ici, lorsque le juge-arbitre établit sa programmation des matches, l'équité sportive, qui reste le maître étalon partout ailleurs, est le dernier élément pris en compte. Peu importe si tu es fatigué d'un match marathon ou si tu as déjà disputé plusieurs rencontres qui se sont terminées après minuit, si CBS te veut, tu seras programmé pour rentrer pile-poil dans leur grille de retransmission.

Dès ma première désignation sur la chaise, je découvre, stupéfait, une autre forme d'allégeance au côté obscur du business. Je ne me souviens plus des protagonistes que j'ai à arbitrer ce jour-là, mais au premier changement de côté du match je déclenche, comme il se doit, mon chronomètre pour laisser aux deux joueurs les soixante secondes de repos réglementaires. La minute écoulée et alors que je m'apprête à prononcer le traditionnel « *Time* » pour signifier la reprise du jeu, l'un des deux preneurs de son assis au pied de ma chaise me demande : « Bruno, donne-moi dix secondes de plus, merci. » J'ai un peu de mal à comprendre. Je n'ai pas été informé que les preneurs de son faisaient également office d'agents de liaison entre l'arbitre et la production TV. Or, la publicité diffusée à l'antenne est plus longue que prévu. Pris de court autant que décontenancé, j'accorde alors dix secondes de plus et me vois remercier d'un clin d'œil complice. Pas étonnant que certains appellent parfois ce tournoi le CBS Open.

La Big Apple est décidément une autre planète où les gens évoluent, parlent, pensent et agissent différemment. Ai-je été moi-même affecté par une sorte de syndrome propre aux lieux ? Je ne crois pas, mais une de mes décisions d'arbitrage peu orthodoxes me reste encore en mémoire aujourd'hui.

Nous sommes en 1993 et je dois arbitrer au premier tour Cédric Pioline qui est opposé à David Prinosil. J'aime bien David, c'est un joueur allemand de milieu de classement qui est drôle, assez attachant. Comme le match n'intéresse pas grand monde, même si Pioline est tête de série n° 15, nous voilà programmés sur un court très loin du cœur et des yeux du public américain. Franchement, l'endroit est nul. Le bruit des réacteurs des 747 décollant et se posant à LaGuardia est continuel et les fumées dégagées par les stands de saucisses omniprésents parfument « agréablement » cette fin de matinée. Tout sauf une copie d'un déjeuner sur l'herbe.

On est au premier tiers du match peut-être et Pioline est frustré. Il s'agace et après un point perdu, il se saisit d'une balle et sans même se retourner la frappe violemment en direction de la bâche située derrière lui. C'est un missile qui, à deux mille à l'heure, prend la direction de la tête du juge de ligne médiane. Heureusement, c'est un jeune qui a le réflexe prodigieux de l'esquiver. La balle lui passe à dix centimètres du crâne. S'il la prend, il est mort !

Comme on nous l'apprend dès nos premiers pas dans l'arbitrage, j'ai gardé un œil sur le joueur qui a perdu le point et peut se laisser aller à un acte répréhensible. Donc j'ai vu. Le fouetté, la trajectoire, l'impact, mais, troublé, je ne dis rien. Alors que j'inscris le point sur ma feuille d'arbitrage, je vois David Prinosil revenir sur sa chaise, ranger sa raquette et me demander : « Tu as vu, Bruno ? » Je suis pris au piège. Impossible de revenir en arrière. « Non, quoi ? » Je m'entends à peine lui répondre. Prinosil enchaîne : « Tu n'as rien vu ? OK, je te crois, sinon tu aurais pris une autre décision. » Fin de l'incident. De son côté, Pioline est aux abonnés absents et le juge de ligne ne se manifeste pas.

Je ressens une impression étrange. Je sais que je n'ai pas pris la meilleure décision de ma carrière, mais je ne la regrette pas car, au plus profond de moi, je suis persuadé que je n'ai pas agi ainsi pour avantager Cédric Pioline. Quand il frappe cette balle, il ne peut pas voir le juge. Il agit par pure frustration et si cette balle avait frappé la bâche cinquante centimètres plus à gauche ou plus à droite, il n'aurait encouru qu'un avertissement pour *ball abuse*. Mais là, si je le sanctionne je n'ai pas le choix, c'est la disqualification automatique. Je n'ai pas d'échappatoire et Prinosil le sait.

Dans la fraction de seconde où j'assiste à l'incident, une partie de moi, une forme d'inconscient me dit que je ne peux pas faire basculer ce match sur un geste non contrôlé. Prinosil est-il lésé ? Pas sportivement. Aurais-je agi de la même façon si l'Allemand s'était retrouvé dans la position de Pioline ? J'en suis persuadé. J'ai souvent réfléchi par la suite à ce fait de jeu et plus j'essayais d'analyser froidement la situation plus j'en arrivais au constat que mon instinct d'arbitre avait à ce moment précis pris les commandes de mon cerveau. J'ai toujours regretté l'utilisation aveugle du code de conduite et ce cas de figure me renforce dans l'idée que si je suis d'abord là pour assurer la continuité du jeu, je me devais d'agir ainsi que je l'ai fait. Comme un an plus tôt en finale des Jeux de Barcelone lorsque j'engueule presque Rosset pour qu'il ne me pousse pas à le sanctionner définitivement, je laisse juste Pioline tenter de reprendre le match et de disputer normalement ses chances.

Est-ce mon rôle de me poser toutes ces questions ? Dois-je me contenter d'appliquer stricto sensu le règlement lorsque je suis confronté à une situation claire ? Peut-être... Mais ce n'est pas ce qui m'a donné envie de devenir arbitre ni ensuite passionné dans l'exercice de ma profession. Je n'ai jamais parlé de cet incident, sauf bien sûr avec le principal intéressé qui, gêné, s'est toujours contenté de tourner la scène en dérision.

J'oubliais de préciser, pour ceux qui ne se souviennent pas de la carrière de Cédric Pioline, que dans la foulée il allait battre Jared Palmer, Mats Wilander, Jim Courier, n° 1 mondial, Andreï Medvedev et Wally Masur. Seul Pete Sampras sera en mesure de le priver de la victoire à l'US Open, cette année-là... Petite décision, grosses conséquences !

En 2001, alors que je viens d'arrêter l'arbitrage, je suis à l'US Open pour y ouvrir une grande boutique Lacoste et une loge sur le Central. Le 9 septembre, je profite d'un après-midi de libre pour visiter le World Trade Center avant de prendre l'avion et de quitter New York le 10. Quelques heures plus tard je suis au siège de Lacoste, à Paris, en compagnie de Jean-Claude Fauvet quand on me dit d'allumer ma télé. Nous sommes le 11 septembre 2001...

8.

La Coupe Davis

Force 7 sur Forth Worth

Vous vous êtes sans doute aperçus que j'entretenais deux, trois marottes : arbitrer de grands matches dans de grands tournois avec de grands joueurs. Pas étonnant, donc, si je place les quatre tournois du Grand Chelem au-dessus de tous les autres. Pourtant, il existe une compétition où ce que j'ai vécu surpasse tout ce que j'ai éprouvé à Melbourne, à Roland-Garros, à Wimbledon ou à Flushing Meadows, et cette compétition, c'est la Coupe Davis.

Que j'évoque mon record de dix finales de groupe mondial – la division qui regroupait les meilleures équipes nationales – ou les dizaines de rencontres que j'ai arbitrées en « zone géographique » – des regroupements d'équipes classées à un moindre niveau –, les souvenirs s'entrechoquent et peuvent, à leur simple évocation, me rendre intarissable.

Est-ce là que l'on y joue dans les meilleures conditions ? Certainement pas ! Est-ce là que la qualité du jeu proposée est la meilleure ? Pas forcément ! Est-ce là, enfin, où le fameux fair-play insuffle aux publics une sorte de Saint-Esprit miraculeux et nous rend fiers d'appartenir au genre humain ? Certainement pas !

En revanche c'est là, sur un court improbable d'Amérique du Sud, d'Europe ou des États-Unis, devant des supporters débarrassés de toute retenue et encouragés par des juges de ligne frappés de cécité sélective, que se nouent des tragi-comédies qui défient l'oubli et révèlent les hommes derrière les champions.

Le principe est simple. Pour le groupe mondial, vous constituez un tableau avec 16 pays. Les équipes sont formées de cinq joueurs maximum qui vont s'affronter sur cinq matches disputés en trois jours. Deux matches de simple le vendredi, un double le samedi et deux matches de simple le dimanche. Chaque victoire rapporte un point. La première équipe à en compter trois remporte la rencontre. Petite précision, mais qui a son importance, le pays qui accueille la rencontre choisit la surface de jeu, les balles et fournit les juges de ligne. Vous l'avez compris, tout est réuni pour favoriser les comportements déviants et accompagner les manigances tactiques les plus perfides. Quoi rêver de mieux ?

Enfin, je parle pour moi, qui ai choisi l'arbitrage autant par goût de l'aventure que par pure perversité. J'entends par là le plaisir que j'ai pu prendre à me jeter dans la gueule du loup, juste pour la satisfaction de faire respecter sinon la loi, en tout cas une forme de respect sportif. Et que ce soit moi qui aie, bien sûr, le dernier mot !

Alors pensez, lorsque l'adversaire s'appelle John McEnroe... Pour moi, Mac est sans doute l'un des personnages qui incarnent le mieux LE joueur de Coupe Davis. Celui qui loin d'être écrasé par la pression ambiante ou diminué par la responsabilité de jouer pour les autres se nourrit de l'adversité pour se montrer plus grand, plus fort, plus dominant. Contrairement à un Jimmy Connors, monstre de combativité mais trop tourné vers son propre accomplissement pour jouer collectivement, McEnroe a mis son ego – et il est de taille – au service du groupe. Ce qui est d'autant plus paradoxal qu'il s'est toujours battu seul sur le circuit, sans jamais avoir eu recours à un entraîneur. Quand il troquera sa place de joueur pour celle de capitaine, les choses se gâteront un peu, mais c'est une autre histoire.

En 1992, je suis désigné pour être un des deux arbitres de la finale de Coupe Davis, États-Unis-Suisse, à Forth Worth, au Texas. Les Suisses qui n'alignent que deux joueurs – Marc Rosset et Jakob Hlasek – pour disputer les simples et le double partent à l'abattoir. Face à eux, les Américains sont représentés par Andre Agassi et Jim Courier en simple et par la paire formée de John McEnroe et de Pete Sampras. Soit quatre joueurs ayant été chacun n° 1 mondial et qui collectionnent 33 titres du Grand Chelem !

Vous ajoutez à cela une rencontre disputée à domicile sur une surface rapide indoor choisie par le capitaine Tom Gorman et vous avez tous les ingrédients réunis pour assister à un match des plus déséquilibrés. D'ailleurs, les 1 500 supporters helvètes qui ont fait le déplacement avec leurs cloches à vache ne se font pas d'illusions. Face à cette *dream team* qui se présente le jeudi – jour du tirage au sort des rencontres – en diligence et stetson vissé sur la tête, ils sont surtout venus faire du tourisme au pays des Longhorns.

D'entrée, le vendredi, Andre Agassi donne le ton et corrige Hlasek. Je prends le relais sur la chaise et retrouve, pour le deuxième simple de la journée, Marc Rosset, trois mois seulement après « notre » finale olympique de Barcelone. Et rapidement, c'est une tout autre histoire qui se dessine. Face à Jim Courier, le John Wayne de l'équipe américaine, Rosset joue le tennis de sa vie. Galvanisé par l'enjeu, il trouve dans les responsabilités qu'il a accepté d'endosser la force de défier Courier sur ses points forts et devant son public. L'empoignade est sévère, les jeux sont disputés. Longtemps après le match, Rosset révélera que Courier l'avait insulté sur le court et lui avait aussi craché dessus pour le faire dégoupiller. « L'intensité du match l'a sans doute dépassé et je ne lui en tiens pas rigueur. »

L'ambiance devient électrique quand Rosset frappe un gros smash sur la longue ligne opposée à ma position. Le juge ne pipe mot mais après que Courier, avec un temps de retard, se retourne vers lui et hurle : « Ce n'est pas possible ! Elle est faute, cette balle !! », il change sa décision et tend le bras pour indiquer que la balle est faute. Je dois intervenir. Ma position est simple et je l'explique à

Courier : « Clairement, vous avez influencé la décision du juge de ligne. C'est après que vous l'avez apostrophé qu'il a modifié son annonce. Ce n'est pas acceptable. Le point est bon. »

Courier est au pied de ma chaise et n'en démord pas, il veut que je revienne en arrière. Le public s'en mêle, les « *USA… USA… USA* » scandés par 10 000 Texans qui veulent rejouer Fort Alamo font monter la tension en même temps que nos 1 500 Suisses, qui agitent en rythme leurs impressionnantes cloches à vache. Plusieurs mois après la rencontre, je m'apercevrai, assez fier, que la scène filmée sert à la formation des arbitres internationaux. Finalement, Courier reprend le jeu mais ne peut éviter la défaite. Rosset s'impose en cinq sets dans un tohu-bohu imprévisible. Les deux équipes sont à égalité : un match partout.

Comme souvent, le double du samedi prend une importance capitale. C'est le point de bascule de la rencontre et c'est ce que j'attends. Sur les tournois du Grand Chelem, malgré la qualité des joueurs présentés, le spectacle d'un double n'attire pas grand monde. En Coupe Davis, tout le monde veut y assister. Quand on a le choix, comme les Américains, on sort une paire d'as de la manche. Quand on est suisse, on reprend les joueurs de simples, on les rhabille et on les renvoie au combat. On est alors plus près de l'ambiance d'un match de football de district que d'une aimable rencontre disputée entre gentlemen sur le Centre Court du All England Lawn Tennis Club.

Volontaire pour ce type d'affrontement et perché sur ma chaise, je suis le plus heureux des hommes. J'ai dans le dos les deux équipes au complet avec les remplaçants, les entraîneurs, les médecins et les kinés. Je suis encadré par deux capitaines qui vont contester les points litigieux, et fustiger les attitudes provocantes du banc adverse. Tout autour j'ai 10 000 Texans qui essayent les crickets de bois distribués en urgence avant la rencontre par les organisateurs pour couvrir le bruit des cloches suisses ennemies. Et, cerise sur le gâteau de Thanksgiving que l'on s'apprête à célébrer, j'ai face à moi John McEnroe, qui dispute à trente-deux ans son match d'adieu à la Coupe Davis et n'envisage pas un seul instant de sortir par la porte réservée aux losers. Cet après-midi-là, il prouvera, une dernière fois comme joueur avant de s'acheter la casquette du capitaine, que la défaite ne lui est pas acceptable.

Rosset et Hlasek, malgré la fatigue accumulée la veille, se complètent parfaitement et perçoivent très vite que Sampras, plus fragile psychologiquement, est le maillon faible de l'équipe américaine. Ils le font jouer au maximum et la tactique paie. Premier set pour la Suisse 7-6. Même score dans le deuxième. Rosset et Hlasek mènent deux manches à rien, ils sont sur le point de faire basculer la rencontre en leur faveur. Sauf que McEnroe profite, in extremis, du gain du troisième set 7-5 et de la pause qui était en vigueur à l'époque à la mi-match pour remonter Sampras comme un coucou, suisse forcément !

En joueur de Coupe Davis aguerri, je me souviens que McEnroe était revenu sur le court bien décidé à jouer avec les nerfs de ses adversaires et les miens aussi. Nous sommes au quatrième ou au début du cinquième set quand je le vois arriver furieux, le corps secoué de mouvements qu'il semble impossible de contrôler. John aurait pu également faire carrière sur les planches.

Il doit se dire que c'est le bon moment pour remettre un peu d'huile sur le feu et chauffer les esprits à blanc. Il se place face à moi et commence à vociférer. Je sais qu'il vient délibérément me tester et que je ne dois pas m'échapper. Je décide donc de lui répondre du tac au tac et surtout de ne pas quitter son regard. Il aimait bien faire baisser les yeux des arbitres. Je me rappelle m'être dit : « Ne cille pas, mets de l'intensité dans ton regard et reste au contact le plus longtemps possible. » Le face-à-face s'installe et au bout de quelques secondes qui me semblent avoir duré des minutes entières, il m'apostrophe : « Et ne me regarde pas comme ça ! Ne me regarde pas ! » Opération déminage réussie. Soulagement et fierté !

Ainsi épaulé, Pete Sampras retrouve enfin un niveau de jeu digne de son rang et de son talent et les deux dernières manches tombent comme des fruits mûrs (6-1, 6-2) dans l'escarcelle américaine. Le lendemain, Courier scelle définitivement l'affaire face à un Hlasek trop fatigué et renvoie les Suisses à leurs rêves déchus.

Plus de vingt ans se sont écoulés depuis cette rencontre et je pense toujours qu'elle m'a offert ce que seul un match de Coupe Davis peut proposer : une confrontation a priori déséquilibrée mais qui débouche sur un scénario de thriller, de grands joueurs empêchés par l'enjeu collectif et d'autres moins reconnus qui profitent de leur faiblesse. Avec comme toile de fond, un formidable combat étalé sur trois jours de rebondissements improbables.

Je connaîtrais par la suite d'autres rencontres à l'intensité supérieure à celle de Forth Worth, mais rien qui me proposera un aussi puissant cocktail des genres.

Mac, captain furax

Et peut-être aussi que John McEnroe m'a manqué, allez savoir ? En tout cas, son retour en Coupe Davis, comme capitaine de l'équipe américaine en 2000, quelques mois seulement avant que je ne quitte la carrière, me fait l'effet d'une claque revigorante.

Après huit ans d'absence, John McEnroe revient à ses premières amours. Il a quarante ans et la compétition lui manque, le voilà donc capitaine de l'équipe américaine et sa première mission est de faire revenir Agassi et Sampras dans l'équipe pour défendre la bannière étoilée à Harare, au Zimbabwe. Il sait la mission périlleuse, car les frères Black, Byron et Wayne sont de bons joueurs qui restent sur une victoire face à l'Australie.

Sentant le piège se profiler, il avait dégainé le premier dès le tirage au sort, fin 1999. « Attention, on va jouer sur de la bouse de vache là-bas et on va voir qui sont les hommes et les petits enfants ! » Une déclaration mondialement reprise bien évidemment et qui avait fait bondir Robert Mugabe, le président zimbabwéen. Fidèle à son image, Mac avait choisi son mode de fonctionnement. Comme le joueur qu'il était, il veut être un capitaine proactif qui frappe fort et surtout le premier. Il ne veut pas subir les événements et préfère les prévenir quitte à piétiner les convenances et à devoir s'excuser par la suite. Organisée sur une surface dure et en indoor, la rencontre va être acharnée et les Américains s'imposeront 3-2, après avoir été menés 2-1 le samedi soir. Le coup est passé près, et McEnroe alternera, comme à son habitude, le bon et le plus regrettable. Mais il aura rempli sa mission.

Ainsi, pour préparer les matches, Mac exige le huis clos total. Comme personne ne s'y oppose, je donne mon aval à la demande et j'assiste, comme le règlement me l'impose, aux premiers entraînements dans une salle presque entièrement vide. Presque, car tout en haut des gradins une femme et son enfant assistent en silence à tous les échanges. La séance prend fin et la maman dévale les escaliers pour me demander si je peux obtenir un autographe de M. John McEnroe. Comme tout s'est bien passé, j'accepte de faire l'entremetteur et vais à la rencontre de notre ami qui non seulement se met en colère contre l'organisation qui les a laissés entrer, monte dans les tours à mesure que j'essaye de le calmer mais finit par injurier tour à tour la maman, son enfant, le Zimbabwe et l'Afrique tout entière !

Le lendemain, avec une grosse partie de l'équipe américaine, il donnera un *clinic* – en fait une exhibition – dans un township de la banlieue déshéritée d'Harare. Il s'y montrera particulièrement proche et bienveillant avec tous les enfants du bidonville… Allez comprendre.

Je vais avoir quarante ans, je suis un tout petit plus jeune que Mac, mais l'expérience me permet de prendre plus de recul sur les événements et je perçois plus profondément les ressorts qui animent l'Américain et au-delà de lui tous les capitaines de la Coupe Davis. Chacun à leur façon, avec leur passé de joueur, leur charisme, ou pas, ils représentent l'histoire du jeu et incarnent le maillon essentiel qui permet à des athlètes fondamentalement individualistes, voire maladivement égocentriques, de vivre une expérience collective. Pour évoluer depuis plus de vingt ans au milieu de ces joueurs qui, semaine après semaine, année après année taillent leur route seuls, je mesure la tâche qui leur est impartie. Car naturellement, sous la casquette du capitaine, bouillent toujours les emportements et les faiblesses du joueur qu'ils ont été.

En tant qu'arbitre de Coupe Davis, j'ai aussi le devoir et le privilège de lier des liens avec ces capitaines. Ce sont eux qui sur le court viennent me mettre la pression au nom des joueurs qu'ils représentent, mais ce sont eux aussi – quand la relation est bonne – à qui je m'adresse discrètement pendant les parties pour leur demander de surveiller et de calmer leurs joueurs. Quand, à mes côtés, dans les moments chauds d'un match, j'ai la chance de pouvoir m'appuyer sur l'Italien Adriano Panatta, l'Australien Neale Fraser, le Croate Nikola Pilić ou le Russe Shamil Tarpischev pour ne citer qu'eux, je sais, sauf à faire n'importe quoi, que je peux compter sur leur appui. Ils ne sont pas là pour m'aider, j'en ai conscience, mais ils ne veulent pas non plus de situations incontrôlables. En cette année 2000, je vais retrouver Mac en Espagne cette fois.

Les organisateurs ont abattu un travail impressionnant pour accueillir les Américains en demi-finale à Santander. Comme le cœur du club historique est trop petit pour recevoir une telle rencontre, ils ont construit un court avec d'immenses tribunes sur la plage toute proche. Il faut juste remonter une centaine de mètres pour accéder aux vestiaires et à l'espace de restauration. Pour moi qui suis le référent de la Fédération internationale dans ce type de rencontre pour contrôler l'application stricte du cahier des charges, c'est de la belle ouvrage. McEnroe en est moins convaincu et je me souviens d'interminables palabres pour lui rappeler ses propres obligations. Toujours en retard aux réunions, critique au sujet des infrastructures, réfractaire à l'obligation d'assister au tirage au sort en costume de ville, l'Américain ne m'épargne rien. Comme ce retour vers les vestiaires particulièrement agité qui intervint, je crois, entre le premier et le deuxième simple du premier jour.

Les deux équipes doivent quitter le court installé en bord de mer et rejoindre le club et le centre de presse. Je marche dans les pas de McEnroe qui cornaque ses troupes. Croyez-moi ou non, mais pendant les cinq à dix minutes que prend notre trajet, Mac, comme possédé, passe son temps à insulter quiconque le croise : spectateurs, policiers, membres de la sécurité, officiels, hommes, femmes, enfants, vieillards. Finalement seuls les chiens, interdits de stade, échappent à sa vindicte et à son flot d'injures ! Si j'avais dû appliquer à la lettre le règlement qui m'oblige à sanctionner financièrement toute parole déplacée, j'aurais, ce jour-là, gravement et durablement grevé le budget de l'USTA, la fédération américaine.

D'une certaine façon, comme ces pénitents du Moyen Âge qui souffraient par sympathie des maux des plus démunis, les manquements de ses propres joueurs autant que ses propres failles consumaient John McEnroe sans qu'il puisse, jamais, éteindre le feu intérieur qui le dévorait. Le 5-0, que les Américains encaissèrent pour l'occasion, n'arrangera en rien son abattement.

La vraie Coupe des vices

Heureusement, n'est pas McEnroe qui veut, et heureusement le petit monde du tennis n'est pas peuplé que de ses avatars. Ainsi, les Suédois, invités à disputer en 1998 la finale à Milan, n'ont jamais perdu leur sang-froid et pourtant il y aurait eu de quoi.

Pour ce match, je retrouve Gilbert Ysern, qui est le juge-arbitre de la rencontre. Tout se gâte au matin du premier jour de compétition. Alors que nous partons jeter un coup d'œil de pur contrôle aux installations que nous avions laissées en parfait état la veille, nous découvrons une piscine à la place du court. J'exagère à peine. Sans doute conscients que leur unique planche de salut passait par des conditions de jeu ultralentes, les organisateurs italiens ont inondé la terre battue. C'est franchement injouable, mais personne ne semble responsable de l'arrosage inconsidéré. Gilbert Ysern, furieux, décide de repousser l'heure du début des matches pour permettre un séchage obligatoire. Finalement, les premières rencontres vont quand même se dérouler mais sur un terrain qu'à Auteuil les turfistes qualifieraient de très, très lourd.

Au terme des deux premiers simples, la Suède mène quand même 2-0 mais Gilbert Ysern n'est pas tranquille pour autant. Il ne veut pas revivre la même mésaventure pour le double et prend la décision que nous, arbitres, monterons la garde toute la nuit aux abords du terrain. Adieux pastas, escalopes milanaises et autres saltimboccas. En lieu et place d'une chaleureuse trattoria locale, nous nous contenterons d'un bout de pizza et nous nous relaierons au stade jusque tard dans la nuit, si bien que je peux aujourd'hui affirmer haut et fort que la victoire finale de la Suède par 4-1 nous doit beaucoup !

Si l'on vante régulièrement l'imagination et le talent italiens en matière de design ou de mode, soyez assurés que la Coupe Davis n'a jamais manqué de les inspirer. En 1993, j'arbitre à Florence le match Italie-Australie, que les Australiens remporteront 3-2. Tout y est formidable. Le court en terre battue est bon, le temps est magnifique et l'ambiance chaleureuse sans débordements. Bref, rien à redire sur l'organisation et la conduite des matches, pourtant dès le premier jour les organisateurs avaient réussi une jolie opération.

Le premier match vient de se terminer et Sergio Palmieri, l'homme de toutes les casquettes et accessoirement responsable de la fédération italienne, vient me voir. « Bruno, il faut changer le filet, donne-moi dix minutes. » Je regarde, le filet est en parfait état et je le lui fais remarquer. « Non, c'est impossible, me répond-il, il faut absolument le changer, je lance l'annonce dans le stade, je préviens le public pour les informer qu'ils peuvent aller se désaltérer dans les buvettes et dans vingt minutes on reprend le jeu. » Il fait très chaud ce jour-là et avant que je puisse ajouter quoi que ce soit, je vois intervenir une escouade d'hommes de l'ombre qui commencent à démonter les poteaux du filet et qui s'affairent, sans trop de zèle non plus. Les tribunes, elles, se sont rapidement vidées, tandis que les bars se remplissaient.

Vingt-cinq minutes plus tard, les joueurs reviennent sur le terrain et je peux lancer le deuxième simple de la journée qui se déroule sans encombre. Malgré le score de 2-0 en faveur des Australiens, tout le monde a le sourire au soir de cette première journée estivale, y compris Sergio Palmieri qui n'aurait pas été plus radieux s'il avait tenu la caisse de la buvette.

Au-delà de l'aspect folklorique de ces deux histoires italiennes, il m'apparaît de plus en plus évident que les petites dérives tragi-comiques qui caractérisaient les matches de Coupe Davis nous réconciliaient avec un autre tennis. Celui qui, à mille lieues des grands tournois réglés comme du papier à musique, continue à nous faire aimer les joutes de clubs quand les douches sont en panne pile le jour du match et où les embrouilles d'arbitrage sont monnaie courante.

Comme à l'occasion de ce Suisse-République tchèque organisé à Saint-Gall. C'est l'un de mes premiers matches de Coupe Davis et je suis d'entrée sur la chaise. Or, il ne me faut pas longtemps pour m'apercevoir que les juges de ligne suisses, puisqu'ils sont fournis par la fédération du pays hôte, sont vraiment très, très mauvais. Sur le premier jeu, j'ai déjà *overrulé* quatre fois ! C'est inconcevable et lorsque je me retourne, un peu paniqué, vers le responsable des arbitres helvètes, celui-ci ne trouve rien d'autre à me déclarer avec un très fort accent vaudois que : « Monsieur Rebeuh, ne vous inquiétez pas, ils vont s'améliorer ! »

De même, à l'occasion d'un incroyable Autriche-Allemagne organisé à Graz en 1994, je vais m'autoriser une « facilité » que je n'aurais jamais envisagée sur un tournoi du Tour et que je ne réitérerai jamais. La rencontre a trouvé pour cadre un immense hangar situé à l'écart de la ville. L'architecture des lieux le rend monstrueusement sonore et les supporters des deux équipes se prennent à utiliser l'acoustique pour hurler et se défier à la fin de chaque point disputé. Un peu comme deux tribunes déchaînées dans un stade de football. Je n'ai jamais vécu un tel vacarme et je me rends compte que personne n'entend mes annonces. Au milieu du premier set, j'abandonne et décide de ne plus annoncer les points, je me réserve pour décliner les jeux gagnés. Et ça, dans l'indifférence générale. Même Stefan Fransson, le juge-arbitre, n'interviendra pas.

Durant cette rencontre, je me suis également permis, pour la seule et unique fois de ma carrière, une petite pause toilettes. Quoiqu'un peu trivial, cet épisode me reste en mémoire, car à la mi-match je m'étais juré par respect des joueurs et du public de ne pas quitter ma chaise. Je me remémore encore mes efforts de concentration et mon soulagement quand Stich suivi de Muster vinrent me demander l'autorisation de quitter le court pour satisfaire leurs besoins. Ce n'était pas un mais les deux joueurs qui allaient me fausser compagnie, l'occasion était trop belle. C'est ainsi que nous sortîmes de concert pour nous retrouver bien alignés dans les toilettes du court. Un moment unique, cocasse et finalement bienvenu, car le match se solda par une victoire de Thomas Muster 12-10 au cinquième set !

Parfois, il faut être prêt à relativiser les choses et les remettre dans leur contexte. Ce qui fait tout le sel du métier d'arbitre, finalement. En 1992, j'accompagne un Australien, Bill Gilmour, pour aller diriger un Brésil-Italie à Maceio. C'est le juge-arbitre de la rencontre, il est très anglo-saxon, ne rigole pas sur l'application du règlement et n'a jamais mis les pieds en Amérique du Sud.

Pour le premier match, je suis avec lui derrière la chaise. Arrive un point litigieux. Ça discute, le public est déjà chaud bouillant et un coussin est jeté sur le court. Rien de bien méchant sauf que l'ami Bill le prend très mal et me fait part de son inquiétude : « Bruno, je crois qu'il faut très vite intervenir, sinon on va se faire déborder... » Je ne suis pas aussi convaincu que lui de l'urgence, mais rien n'y fait. Il appelle le responsable des arbitres locaux qui parle anglais et lui demande d'intervenir au micro. En substance, de dire au public que de lancer des coussins n'est pas tolérable et qu'au prochain débordement l'équipe brésilienne pourra être sanctionnée d'un avertissement, voire d'un point de pénalité. L'annonce est faite avec le succès que vous pouvez deviner mais le match reprend. Je me dis alors qu'on s'est sans doute mis dans un beau guêpier.

Dix minutes s'écoulent quand un nouvel incident de jeu survient. Forcément. Gilmour n'a pas le temps de dire un mot que ce n'est pas un, ni dix, ni cent, mais cinq mille coussins qui pleuvent des tribunes. La scène est surréaliste et la chaise d'arbitrage semble surnager dans un océan multicolore. Il faudra plus d'une demi-heure au service d'entretien pour rendre au court toute sa virginité et pas loin de dix minutes supplémentaires pour rétablir un silence acceptable.

Fort de mes premiers déplacements sur les circuits satellites africains, puis en Amérique du Sud, j'avais vite compris que le passage en force et l'application stricte des règles allaient m'éloigner des vraies préoccupations des gens et m'empêcher de canaliser en douceur leur énergie débordante. Mais pour ce faire il convient parfois de s'asseoir sur le code de conduite.

Lors d'un Côte-d'Ivoire-Togo, organisé en 1991 à Abidjan, j'évite ainsi une inutile poussée de stress. En tant que juge-arbitre du match, je passe l'inspection des courts qui ont normalement été remis en état. Nous sommes l'avant-veille du match et un détail, que je n'identifie pas immédiatement, cloche. En remesurant les carrés de service, on s'aperçoit, mètre en main, qu'ils sont plus courts de cinquante centimètres d'un côté du filet. À l'exception des terrains en pente, il n'y a pas pire. Pour autant, pas question d'en faire une affaire d'État. En l'espace d'un après-midi et grâce à une bonne volonté généralisée, le court est entièrement repeint (en musique), ce qui permettra à la rencontre de se dérouler normalement.

Un peu plus compliquée fut la mise sur pied du match Israël-Espagne organisé en 1994 à Tel-Aviv. Sur cette rencontre je suis également juge-arbitre, donc comptable de la bonne organisation de l'épreuve et du respect du cahier des charges. J'arrive le lundi avec mes gros dossiers sous le bras au centre de tennis national de Ramat HaSharon. Il n'y a pas grand monde pour m'accueillir et je décide de faire seul le tour du propriétaire. Je localise le court central qui doit servir pour le match mais il est désespérément nu. Rien n'est installé, il n'a pas été nettoyé, il n'y a aucune signalétique ni rien pour s'asseoir. Je commence à douter d'être au bon endroit. Je tombe sur une femme qui m'explique qu'elle n'est que secrétaire mais m'assure que la responsable de l'installation arrivera un peu plus tard dans l'après-midi. Mon hôtel se trouve juste en face de Ramat HaSharon et je décide d'appeler Thomas Hallberg, le directeur de la Coupe Davis, au siège de la FIT. Je lui dresse un topo de la situation et il me demande de ne prendre aucune décision trop hâtive. En revanche si rien n'a avancé le lendemain, il se dit résolu à annuler la rencontre car les Espagnols doivent arriver en fin de matinée.

Vers 19 heures, je retourne au stade pour rencontrer mon interlocutrice. De nouveau chou blanc. La même secrétaire me dit que la responsable des courts est au courant de mon arrivée, qu'elle me verra le lendemain matin et que je n'ai pas à m'inquiéter.

Le lendemain, me voilà à 9 heures sur le lieu des travaux et ô surprise, tout est prêt. C'est incroyable ! Le Central est opérationnel et tous les éléments sont en place, jusqu'à la boîte à sciure pour les joueurs. Une femme de petite taille en civil vient à ma rencontre et se présente. C'est la responsable du site. Lorsque je lui fais part de mon étonnement, elle paraît amusée : « Vous savez, je suis lieutenant-colonel dans l'armée, dans le génie plus exactement, m'explique-t-elle, alors je n'étais pas trop inquiète. On avait préparé les panneaux à l'avance et cette nuit, avec mon équipe, on a tout mis en place, ce n'était pas trop compliqué. »

Je suis quand même bluffé par leur célérité et par le soin mis dans chaque détail, et de nouveau elle semble s'en amuser. « Vraiment ? dit-elle. Sachez que je ne connais rien au tennis mais votre cahier des charges ne me faisait pas trop peur. Souvent, avec mes hommes, nous travaillons la nuit et sous les bombes. C'est autre chose. » D'un coup ma mission m'apparaît comme décalée, sinon étrange et à la limite du futile. Je fais décidément un drôle de métier et trouve souvent de la satisfaction à vivre des situations insolites. Telle est simplement la vie d'arbitre que j'ai choisi de vivre pendant vingt ans et qui a nourri la plus grande partie de ma jeunesse.

Si je devais me montrer triste, je le serais plutôt à l'évocation de ce qu'est devenue la Coupe Davis depuis 2018 avec l'abandon des matches joués à domicile. Comme pour l'arbitrage que l'on veut débarrasser de sa chair, la plus belle des compétitions par équipes a été trahie par la Fédération internationale qui lui a préféré une formule vidée de toute humanité. C'est d'autant plus regrettable que le tennis français est né avec les exploits des Mousquetaires en Coupe Davis et que des hommes comme Philippe Chatrier, Pierre Darmon, François Jauffret, Patrice Dominguez, Jean Paul Loth ou Yannick Noah avaient su faire perdurer la flamme. Et que dire du chef-d'œuvre de Lyon 91 ? De cette *Saga Africa* qui nous chavire toujours de bonheur à sa simple évocation ? « *Times are changing* », et sans doute ne suis-je déjà plus que le témoin d'une époque disparue.

9.

Hors circuit

Sauvé par le crocodile !

Février 2001. Premier épisode de la quatorzième saison de « Rebeuh arbitre chez les pros ». Au fil du temps, le héros a pris quelques rides et sa famille s'est agrandie avec l'arrivée au foyer d'une petite Camille, quatre ans plus tôt. Si je n'envisage pas de raccrocher la tenue dans l'immédiat, je vis une période d'intense réflexion.

Depuis 1998, au terme de ma dixième et dernière finale de Roland-Garros, j'ai décidé de ne plus arbitrer Porte d'Auteuil. Il était temps de laisser la place à la génération montante. Je ne voulais pas faire le match de trop non plus et mes activités étaient devenues débordantes. Arbitre, responsable des arbitres, juge-arbitre adjoint auprès de Gilbert Ysern, j'étais partout, mais j'étais surtout las.

Cela fait donc deux ans que je me suis libéré d'une partie de la charge qui pesait sur mes épaules et j'aime toujours me retrouver dans l'ambiance des tournois.

Pourtant depuis quelques mois ce sentiment de relatif bien-être m'interroge. Suis-je encore à ma place ? Ne serais-je pas en train de m'encroûter lentement mais sûrement ?

Je vais bientôt fêter mes quarante ans et cela me fait de plus en plus peur. J'ai vécu ces vingt dernières années dans la bulle du tennis et je m'aperçois que je ne sais rien faire. Je n'ai jamais vraiment travaillé et je n'ai aucun diplôme. Moi, le dilettante qui ai toujours privilégié l'instant au lendemain, je deviens anxieux. J'en viens presque à culpabiliser lorsqu'il m'arrive d'apprécier de bons moments avec mes amis autour des courts.

Ça ne va pas trop fort et je me dis que cela ne va pas s'arranger dans les mois à venir, lorsque Jean-Claude Fauvet, le directeur de la société Lacoste, m'appelle en plein tournoi. Lorsqu'il me demande si je serais intéressé de rejoindre la marque pour en assurer sa promotion, je suis franchement surpris. Ma connaissance du milieu ainsi que mes réseaux intéressent particulièrement la maison Lacoste qui cherche un responsable de la promotion sur le tennis et le golf.

J'ai l'impression de me retrouver sur ma chaise d'arbitre et de devoir juger un *ace* litigieux sur balle de match en finale de la Coupe Davis ! Je me dis que je n'ai pas le droit à la réflexion et je m'entends dire « Oui ». Banco ! Jean-Claude Fauvet se félicite de ma décision et me précise qu'il va rapidement m'envoyer une proposition écrite.

L'appel terminé, je reste un moment en suspens à me dire que cette offre tombe trop à point pour ne pas être un vrai signe du destin. Et si je ne m'emballe pas, j'appelle quand même mes proches et ma famille pour leur en faire part et leur indiquer que j'ai donné un accord de principe. Ils me félicitent tous et m'encouragent. À ce stade de la discussion, je me dis que je reste dans ma sphère de confort, le tennis, et que je m'adapterai sans doute assez facilement aux attentes du Crocodile.

Deux jours se passent quand tombe sur le fax de mon bureau la proposition détaillée de Lacoste. Au-delà de la rétribution confortable je vois tout de suite l'intitulé du poste : « Directeur monde de la promotion et du sponsoring ». Franchement, j'accuse le coup. Je comprends enfin l'expression « être frappé de stupeur ».

Mais, fidèle à moi-même, j'accepte l'offre par retour de fax et, fier comme un bar-tabac, je commence à en parler autour de moi. Nous sommes dimanche, jour du poulet frites familial et la finale vient de se terminer. Je suis sur le court et Jean-François Caujolle, le directeur du tournoi, donne la coupe du vainqueur de l'Open 13 à Evgueni Kafelnikov. Le Russe, qui fait alors partie du top 5 mondial, remercie comme il se doit l'assemblée, son adversaire du jour, Sébastien Grosjean, et termine son speech par un « … et bonne chance, Bruno, pour ta nouvelle vie professionnelle ». Je ne croyais que quelques proches au courant. Question discrétion, c'est loupé. Il ne me reste plus qu'à en informer mes différentes hiérarchies et je pars vers d'autres horizons.

Je ne me rends presque pas compte de la portée de ma décision. En un appel, je viens de mettre un terme à une carrière entamée quatorze ans plus tôt.

Pourtant, loin de ma réputation, je ne fais pas trop le fanfaron. Lorsque je me retrouve à Paris où je rencontre et assure de mon investissement sans faille Bernard Lacoste, le fils de René et grand patron de la société, je prends, enfin, la pleine mesure du costume qui m'est offert.

Me voilà installé dans un beau bureau avec une assistante mais sans collaborateurs ! Moi qui pensais me retrouver sous les ordres d'un patron et flanqué d'un responsable marketing, je suis seul à bord ! J'ai des millions de budget, des contrats à trouver, des joueurs de tennis et de golf à faire signer, des partenariats à mettre en place avec des tournois et je suis le seul décideur. Et je n'y connais rien ! Savent-ils que je n'ai jamais travaillé ? Que je ne sais même pas remplir un contrat ! Même en entrant sur les plus grands courts du monde je n'ai pas ressenti une telle pression. Je pars dans l'inconnu.

Entre-temps, je me suis installé chez Gilbert Ysern qui m'héberge temporairement, le temps que je trouve un logement à Paris. Caroline et mes deux filles sont restées à Cannes. Face aux doutes qui m'assaillent, j'ai trouvé un stratagème digne d'Arsène Lupin pour ne pas me faire prendre en flagrant délit d'incompétence. Tous les matins, vers 6 h 30, je contourne la place Vendôme déserte et je pénètre les locaux de Lacoste par l'entrée de service, pour fouiller les bureaux ouverts et les armoires d'archives peu récalcitrantes. Je n'imagine même pas que l'on puisse découvrir la supercherie. Le soir venu, je les rapporte discrètement à mon domicile où Ysern, en ex-prof de maths qu'il est, m'aide à les déchiffrer et à les analyser. Dans le domaine de l'escroquerie, j'ai franchi un sérieux palier depuis mes débuts à l'esbroufe sur les courts de Nice. Je m'en rends régulièrement compte lorsque, au détour d'un couloir, Jean-Claude Fauvet me demande comment je vais, et que je lui réponds, ostensiblement pressé, par un pouce tendu vers le haut.

Peu à peu, je commence à comprendre ce que l'on attend de moi. Pour les joueurs, j'identifie les profils qui manquent à la marque. Soit par leur classement mondial, soit par leur nationalité. Idem en golf : par exemple, l'Espagnol José María Olazábal est un joueur qu'il est important d'avoir, et il faudrait, pour pénétrer le marché allemand, faire signer un Martin Kaymer voire un Bernhard Langer.

On me dit qu'il conviendrait de s'attaquer à la contrefaçon sur l'Asie. J'ai peut-être le budget pour signer un accord avec le tournoi de Bangkok, en Thaïlande ou à Shanghai et à Pékin. Du fait de mes activités passées, je connais nombre d'organisateurs d'épreuves aux États-Unis, il ne me semble pas trop compliqué de leur faire signer des accords de partenariat.

Dans mon esprit, cela commence à se dessiner et je me lance. Les premiers mois sont délicats car je marche sur des œufs, mais je ne commets pas non plus de grosses bourdes.

Je comprends aussi que, dans ce métier, les approximations, voire les mauvais choix, ne sont pas immédiatement visibles. Si je fais signer Forget pour porter du Lacoste contre 300 000 euros par an, comment analyser l'impact que cela a sur la vente des polos en France ? Ce n'est pas simple. Réussir le coup de Nike avec Agassi, c'est unique, et je ne suis pas non plus tenu par contrat à accomplir des miracles.

Orageux en fin de journée

Je découvre le monde du golf et m'aperçois que son économie n'est pas à des années-lumière de celle du tennis. Concernant mes rapports avec les joueurs, je trouve intéressant d'être passé de l'autre côté du rideau. Avec mon nouveau costume griffé Crocodile, je suis une opportunité pour eux. Je leur offre des contrats et je les habille. Eux, et leurs familles aussi. Lorsque l'on signe un joueur, il faut savoir que l'on est aussi fournisseur pour l'entourage proche. Si une caméra fait un gros plan sur Mme Leconte, mieux vaut qu'elle porte une casquette Lacoste qu'une Nike, c'est évident. Et les gens comprennent ça très vite. Certains en abusent un peu, même si cela représente une dépense infime par rapport aux sommes engagées. Quand des types me demandent dix polos taille 3 et que je sais qu'ils s'habillent en 5, pas la peine de me faire un dessin. Mais c'est le jeu, certains sont plus gourmands que d'autres.

Certains, en revanche, éclairent leur personnage d'une tout autre lumière. Un jour, à l'occasion d'un de ses passages à Paris, j'invite Ion Ţiriac à venir voir notre nouvelle collection rue de Castiglione. Nous passons un bon moment et je lui dis que je serais heureux de lui offrir quelques pièces de prêt-à-porter pour lui et son amie. Ion baisse alors ses grosses lunettes aux verres teintés et me répond : « Bruno, toi vouloir m'acheter ? On est copains, mais là tu vois c'est boulot aussi. Alors toi mettre en carton tout ce que tu as en vitrine et tu livres à mon hôtel. Moi, tout payer ! »

Peu à peu, je trouve mes marques et je prends vite du plaisir à découvrir ce métier qui m'offre de beaux voyages et des opportunités uniques. Pendant la quinzaine de Roland-Garros, la tente d'hospitalité Lacoste est un haut lieu du village. Nous servons deux cents repas par jour au gratin du Tout-Paris et le soir c'est musique, champagne avec tout le showbiz. Il y a Belmondo, Bruel, des dirigeants de grands groupes financiers, des journalistes télé. Pour moi qui n'ai jamais caché mon attirance pour les paillettes, je suis servi.

Je vais rester sept ans chez Lacoste, avant de prendre deux années sabbatiques, puis de monter ma propre société d'événementiel dans le sport. Durant ces sept années, j'aurai appris énormément de choses, y compris à maîtriser certaines situations compliquées.

Nous sommes en 2002 ou 2003 et Lacoste, partenaire de l'Évian Championship, organise chaque année un Pro-Am[1] en parallèle de ce grand tournoi de golf féminin. Pour former mon équipe, je fais appel à Patricia Meunier-Lebouc, la nº 1 française, sous contrat avec Lacoste, à son ami le président du golf de Dijon et à Guillaume Raoux. Le Français, qui fut 35e mondial à l'ATP et remporta la Coupe Davis en 1996 contre la Suède, a mis récemment un terme à sa carrière et vit aux États-Unis. C'est également un bon joueur de golf.

Les parties sont lancées mais alors que nous disputons le trou nº 6, un méchant orage vient interrompre la compétition. C'est dangereux car les clubs en métal ou en carbone s'apparentent beaucoup à des paratonnerres portatifs, et c'est aussi particulièrement désagréable, car nous sommes tous trempés jusqu'aux os. Tout le monde range son matériel et direction l'hôtel où est organisée la remise des prix. Entre-temps, chacun est passé se changer mais Raoux n'avait manifestement pas prévu énormément de tenues de rechange et il a enfilé ce qu'il a trouvé dans le coffre de sa voiture pour rallier le raout.

Sur place on apprend qu'en raison des intempéries, les scores ne seraient pris en compte que jusqu'au troisième trou seulement. Et à ce petit jeu, c'est notre équipe qui l'emporte. Franck Riboud, le grand patron de Danone qui

1. Compétition par équipes mêlant des joueurs ou joueuses professionnels à des personnalités.

joue pour l'occasion les maîtres de cérémonie, nous appelle alors sur scène pour recevoir nos récompenses. En l'occurrence une Rolex pour chacun d'entre nous ! Et c'est ainsi que nous nous retrouvons au centre de l'attention générale lorsque je vois la sœur de Bernard Lacoste et fille de René, Catherine, l'une des légendes du golf féminin, s'approcher de moi très contrariée et me dire à mi-voix, mais suffisamment fort pour être entendue : « Mais Bruno, vous pouvez m'expliquer qui est le clochard avec vous ? »

Me retournant vers Raoux, je dois bien avouer que le garçon qui n'est d'ordinaire pas un modèle d'élégance a cette fois choisi une mise que l'on peut qualifier de très décalée. Mais alors que je m'apprête à jouer la carte diplomatique, Raoux, qui a bien sûr tout entendu, fait deux pas en avant et, haussant le ton pour bien se faire comprendre, me demande : « Et elle, c'est quoi ? » Je reste pétrifié.

Les jours suivants, la passe d'armes fait les choux gras du milieu et je sais que la famille Lacoste est furieuse contre Guillaume Raoux, sous contrat avec la maison. Du jour au lendemain, elle annule unilatéralement ledit contrat, ce qui est d'autant plus historique que Raoux est un vainqueur de la Coupe Davis. Or, selon la volonté du fondateur, René Lacoste, tout vainqueur français de cette compétition se voit offrir par la société un contrat à vie.

À ce jour, les Français vainqueurs du saladier d'argent en 1991, en 1996, en 2001 et en 2017 sont donc tous liés à vie avec la marque au crocodile, Lacoste. Tous sauf Guillaume Raoux.

Merci la vie

Lorsque, à l'été 2024, l'idée de rassembler mes souvenirs s'est imposée à l'occasion de mes retrouvailles avec l'US Open, je ne savais pas que l'exercice allait m'offrir un cadeau inattendu.

De l'idée initiale qui consistait à collecter et à « ranger » les anecdotes qui avaient émaillé ma vie d'arbitre et animaient bon nombre de soirées entre amis, j'en suis progressivement arrivé à me dire qu'il fallait également raconter cette époque que je ne pensais pas si éloignée, mais qui m'est apparue peu à peu à des années-lumière du circuit professionnel actuel. Cette époque où l'insouciance favorisée par l'absence des réseaux sociaux laissait les champions exprimer leurs personnalités profondes. Pendant mes vingt années d'arbitrage professionnel, ce qui se passait sur le circuit restait sur le circuit et les joueurs, confrontés à l'ascenseur émotionnel propre à la compétition, se révélaient être les bons, les brutes et les truands d'une série à suspense dont j'étais l'un des protagonistes.

Sans me placer en contempteur de la modernité, toutes ces années passées à côtoyer 24 heures sur 24 et 7 jours sur 7 ces êtres étranges et parfois insondables que sont les champions m'ont enrichi sans que j'en prenne totalement conscience sur le moment.

Loin de nourrir des regrets, si ce n'est, peut-être, celui de n'avoir pu arbitrer une finale à Wimbledon – ce qui était impossible à l'époque –, je prends, tout au contraire, conscience de la chance qui m'a été offerte et mesure que je ne l'ai sans doute pas appréciée à sa juste valeur.

Quand des milliers d'amoureux de tennis ont les yeux qui brillent à l'idée de voir à quelques mètres les plus grands joueurs s'affronter sur le Central de Roland-Garros, j'ai pu sentir physiquement leurs joies, leurs peurs, leurs doutes et partager au plus près leur quotidien.

Pour tout cela, je dois avouer que j'ai été gâté par la vie, et je ressens également une grande tristesse pour les jeunes générations d'arbitres qui ne pourront jamais vivre la même expérience. Alors que, vingt-cinq ans après ma retraite, j'échange toujours avec certains, comme Yannick Noah, Boris Becker, John McEnroe ou Andre Agassi, je doute que la jeune garde de l'arbitrage ne conserve d'autres souvenirs des champions que les fugaces poignées de main échangées avec eux sur le court.

Avec l'automatisation quasi totale des systèmes de jugement de ligne sur les tournois professionnels, y compris ceux du Grand Chelem – à l'exception de Roland-Garros qui résiste toujours –, les arbitres ne dirigent plus les parties et se contentent d'enregistrer les points et de surveiller le code de conduite en priant pour que la partie ne leur demande pas d'agir en urgence auprès de joueurs qui ne leur accordent qu'une légitimité limitée.

En ce début d'année 2025, j'ai suivi bon nombre de matches à l'Open d'Australie et j'ai constaté que toutes les erreurs de jugement n'ont pas disparu et, pire, que certains joueurs se plaignaient de l'attitude autoritaire et cassante de certains arbitres.

J'ai toujours pensé que plus on arbitrait, plus on interagissait avec les joueurs et plus vigilant et concentré on était. Bref, meilleur on devenait. On pourra toujours m'avancer qu'avec l'adoption de l'arbitrage automatisé, le nombre d'erreurs d'arbitrage a drastiquement diminué. C'est indéniable, mais quelque chose me dit aussi qu'au tennis le jeu n'en vaut peut-être pas la chandelle.

Quid de ces moments de tension où le joueur et l'arbitre s'affrontent devant un public partagé par ses convictions et qui changent la dimension du sport pour l'habiller des apparats de la théâtralité et le transformer en une métaphore de la vie ? Vous pensez mon discours exagéré, voire franchement grandiloquent ? En tout cas, il paraît incompréhensible pour les organisateurs et les patrons du circuit qui se félicitent que les parties se déroulent sans trop de problèmes devant des spectateurs « domestiqués » par les décisions binaires d'une machine adossée à une technologie de pointe. Tout le monde semble y trouver son compte, à commencer par les joueurs que cela rassure, mais je persiste à penser que cette quête d'absolue efficacité se révèle à terme contre-productive.

Qu'on le veuille ou non, la justice, et non les efforts humains déployés pour la rendre, n'a jamais contribué à la légende du sport. Pas plus que l'intelligence artificielle ne me semble être la panacée pour organiser nos vies…

En 1977, lorsque j'ai foulé pour la première fois à Nice un court de tennis, je rêvais de grands matches, de grands stades, de grandes empoignades. Je doute que demain les jeunes générations, privées de ces perspectives, se pressent dans les clubs pour arbitrer les matches du dimanche matin, ces rencontres qui forment le tissu du tennis amateur. Celui que nous pratiquons tous. Celui qui ne verra jamais la queue d'une machine à juger.

Faisons un pari. Alors que Roland-Garros s'apprête à accueillir les meilleurs joueurs du monde, rêvons que tous les spectateurs de la Porte d'Auteuil profitent de leur position privilégiée pour soutenir ostensiblement à chaque rotation les 300 juges de ligne qui s'y succèdent chaque année depuis 1891. Applaudissons-les tout au long de la compétition pour dire qu'au tennis nous préférons la justice des hommes à celle de machines et sommes fiers si Roland-Garros reste le dernier bastion de la tradition sur terre.

REMERCIEMENTS

Je tiens à remercier avant tout Philippe Maria pour son accompagnement précieux dans l'écriture de ce livre.

Mes remerciements vont également à Olivier Bouchara.

Table

Composition : IGS-CP
Impression CPI Black Print en avril 2025
Éditions Albin Michel
22, rue Huyghens, 75014 Paris
www.albin-michel.fr

ISBN : 978-2-226-50263-6
N° d'édition : 27737/01
Dépôt légal : mai 2025
Imprimé en Espagne